柏楊 著

異域

紀念版

代序

橋裂水崩冷月天
孤軍一支潰雲南
異域景殘人老去
江山不復舊江山

二〇〇〇年十一月，遠流版《異域》付印，距初寫時恰四十載。

序

葉明勳

有台灣面積三倍大的中緬游擊邊區，雖經兩次大撤退，現在仍鏖戰未休，每一寸土地，都灑有中華兒女的鮮血，一支孤軍從萬里外潰敗入緬，無依無靠，卻在十一年間，一次反攻大陸，兩次大敗緬軍，以致緬甸政府不得不向聯合國一再控告孤軍「侵略」，這其間，有無數令人肝腸都斷的悲壯事蹟，不為外人所知。本報駐曼谷記者李華明先生於去年從泰國寫來一稿，對中緬邊區基地建立的始末及發展，報導甚詳，全文定名為：〈血戰異域十一年〉，原作者鄧克保先生，以生花之筆，寫下他和他妻子兒女以及伙伴們輾轉入緬，和歷次戰役的經過。茲將李先生致報社原函，披露於後，可窺知全書的每一字一句，都是英雄眼淚。

在一個旅客並不很多的酒店中，記者遇見本文的作者鄧克保先生，他是記者讀大學時的同窗，我們在千里異鄉相逢，共訴別後景況，嘆年華如水，相對唏噓。但在互相明瞭對方現在的工作後，記者便請他談一點中緬邊區的事情。他是一位中級軍官，這次正從香港辦完了某一件事，重返中緬邊區的歸途之中。他談到痛心處，那位中年的游擊戰士，不禁淚流滿面。一連幾夜，月光如水，但他卻深閉門窗，他對記者說：「我們最怕月光，在游擊區，看見月光，便想起大陸上的家。在自由區，看見月光，又想起游擊區裡荷槍作戰的兄弟姊妹！」記者將他的談話速記起來，並整理完竣。在他動身的前兩天，我們閉窗對酌，記者拿出來問他可否發表，他愴然不語，後來他即加以刪正，他雖十一年之久，未曾提筆，寫字時略有困難，但文思仍然流暢。他改了兩天兩夜，刪了不少，也加了不少，然後應記者之請，簽上一個名字——鄧克保，這是一個假名，是一個戰死在他身畔的亡友的名字，而他自己的名字，他不願公開，他對記者說：「我們戰死，便與草木同朽。我們戰勝，便回到故土，如此而已！」此稿到台北時，鄧克保先生恐怕已重入邊區。

希望本報能夠把它刊出，讓讀者在鄧克保先生的談話中，發現另一天地，在那個有台灣三倍大的天地中，哀兵轉戰，已十有一載，國人能為他們做些什麼？但請萬勿將記者真姓名刊出，因四國會議後，與游擊戰士接觸，便成非法，可能被驅出泰國也。

可惜的是，鄧克保先生只寫了血戰十一年中的前六年，剩下的後五年，即自四國會議後他重返邊區，到今春第二次大撤退後他仍繼續留下來，這五年間的浴血苦戰，他尚未寫出，我們已請李華明先生和他保持聯繫，請他給我們一個更完整的歷史，鄧先生在原則上已經答應，希望能在短期內寄下，早日和讀者見面。

葉明勳　五〇・八・一

序

柏楊的《異域》

李瑞騰

柏楊於一九八四年赴美國愛荷華參加國際寫作計畫之前，在準備演說資料時，曾問我關於《異域》及臺灣報導文學的看法，我因此撰寫一篇〈從愛出發——近十年來臺灣的報導文學〉，刊於《文藝復興》一五八期（一九八四年十二月）。柏楊參考了其中意見，以他自己寫《異域》的經驗，完成了一篇〈報導文學與我〉（收入《奮飛》）。柏楊和我都認定《異域》為報導文學，我甚且評定為「成功的」，是「佳作」。

一九九四年，我在接受張大春「縱橫書海」電視節目的訪談「影響三十・異域」時，以作者未曾親臨事件現場，修正了我的說法，轉從「戰爭文學」重新界定其文類。不過，後來我在編《柏楊全集》時，還是把它列入「散文卷」之「報導與傳記類」，我主要是尊重作者自己的意見，並且也有讓它和《金三角・荒城》、《家園》並列的用意，但在「總序」中，我說「《異域》的文類歸屬有些爭議」，在未署名的「提要」中，我進一步作了說明。下面是〈提要〉全文：

《異域》原以「血戰異域十一年」連載於民國五十年的《自立晚報》，署名「鄧克保」，其後由平原出版社出版，易名「異域」（一九六一），流傳極廣，一九七七年由星光出版社再版，十一年後另有躍昇文化公司版本。

本書記載一九四九年底從雲南往緬甸撤退的孤軍之奮戰及其艱難險阻，孤軍腹背受敵（共軍、緬軍），又得不著政府之支援，在複雜情勢中的戰略擬定及戰術運用，以及袍澤、親子的關係等情節，交織成一部感人肺腑的戰爭文學作品。

如今世人皆已知鄧克保是柏楊的化名，他以第一人稱「我」敘述，像是自傳體，但柏楊並未參與其事，而是一種「代言」，不過發表及初版的當時，人們都信其為親身經歷者的報告，這就形成文類歸屬上的歧異，全集從舊，列入報導文學類，一九九九年香港《亞洲週刊》票選「二十世紀中文小說一百強」，《異域》排名三十五，從報導文學的「記實」到小說的「虛擬」，可論述空間極大。同年，在香港大學亞洲研究中心舉辦的「柏楊思想與文學國際學術討論會」中，仍有這一類的辨正，正可見其構成的特異及內涵飽滿的張力。撇開文類的糾結，從戰爭文學的角度來看，《異域》堪稱一部台灣文學的經典之作。

我沒有在第一時間從《自立晚報》上讀到〈血戰異域十一年〉，六〇年代後期高中階段讀《異域》時，那種震撼和感動，至今記憶猶新，其後幾次重讀，對於兵兇戰危中「孤軍」處境，猶義憤填膺。最近幾年由於執行全球華文文學星雲獎事務，對於歷史小說之面對過去的歷史和報導文學之面對今天的現實，常有交叉思考。今遠流將重印《異域》，願與新一代讀者結緣，我若有所悟：因時間而致使主體與事件的距離，影響了我們的文類認定，作家的創作文本不變，今天的讀者，可以用歷史小說的角度來閱讀，從中體會政治、戰爭、生死與人性尊嚴等永恆課題。

導讀

將軍百戰身名裂

——《異域》，不能遺忘的一本書

陳義芝

文題借用辛稼軒詞「將軍百戰身名裂」，抒發愛國之士不獲後援、橫遭摧折的悲痛。《異域》為大時代留下滄桑悲壯夾纏著恨憾的史實，是國人不能遺忘的一本書。現由遠流推出「異域紀念版」，十分珍貴！

一九七〇年代初我開始摸索文學，在舊書攤買到《異域》，當時並不知署名鄧克保的作者其實是柏楊。如果署名柏楊，他因一九六八年「大力水手事件」被誣為共諜，其著作都當被禁，則我接觸此書的時間勢將延後。

《異域》描寫一九四九年中國大陸國軍全面潰敗之際，在雲南的將領有的戰死，有的降共，有的飛到台灣，卻仍有一支部隊面對艱險而拚死拚活的故事。他們以為收復河山仍有可為，竭力與共軍對抗，豈料局勢演變、天數已定，導致六萬大軍只剩一千人撤退到緬甸，存活於異域叢林中，運用戰略重新發展並運用各種戰術，甚而反攻雲南。

這是一部報導文學還是小說？讀者必因書中諸多真實人物而信其為真，以為是化名「鄧克保」這位軍官的現實遭遇。書中提到的幾個重要角色，也確實是大時代中的人物。例如：

李彌，一九四八年第八軍軍長，黃埔軍校第四期畢業，參加過對抗日軍的廣西南寧「崑崙關戰役」、滇西緬北的「松山戰役」及與共軍作戰的「徐蚌會戰」，是泰北孤軍最早的領導者。

李國輝團長，一九五〇年當六萬國軍在元江被共軍屠戮，原任第八軍七〇九團團長的他率領千人突圍，退至緬甸境內，其部隊乃成為泰北孤軍最初主力，曾重創緬甸國防軍及泰國正規軍。

一九九三年我隨泰國《世界日報》社長趙玉明走訪泰北清邁、清萊等金三角山區，實際接觸仍留在那裡的孤軍及孤軍子弟，大略印證了《異域》書中的血戰情節，由衷地佩服柏楊既能考察事實又具有文學表現的能力。

「民國四十二年國府在聯合國壓力下第一次撤走一萬多人，當時指揮官為李彌；五十年第二次撤台，又一萬多人，指揮官為柳元麟將軍……」軍部政戰主任黃永慶說：「以後才是段希文將軍領導的五軍，李文煥將軍領導的三軍。直到民國七十八年，最後的兩千多軍人，全部解甲歸農……」

早年泰緬邊區長年有他們的騾馬隊伍，幾十桿槍或幾百桿槍成列，除軍人外也攜帶妻眷，走過雜樹叢、竹林窠、礫石坡，猛然響起一排敵人的槍，馬在硝煙中驚嘶。

這是當年我採訪報導中的片段。李彌、李國輝當然都已不在人世。訪談地點唐窩，是兩次撤退都未撤離最終成為泰北孤軍第三軍的駐地。我所見的三軍軍長李文煥指揮部，是一棟木樑結構的二進瓦房，陳設極簡，最醒目的唯壁上所懸掛仍如秋海棠葉的中華民國地圖，及緬甸撣邦行政區域圖。

當年我見過印象深刻的有幾人：

李文煥將軍的大女兒李健圓，曾經赴美留學而後又回到泰北，以軍為家，四十許而未婚。

那位戴著眼鏡、言談古雅的老者，是清邁雲嶺中學校長楊蔚然，他說「四十年如一日者，艱苦而已矣」。

還有一位六十多歲的老兵高學廉，國軍兩度撤台，他都渴望到台灣升學，但長官告訴他要在邊荒扎根，保護「反共基地」。

一九九三年海峽兩岸已通，泰北孤軍兩代人的反共大業，回首變成慘痛的空幻。柏楊書中許多筆觸，代言那一群人的生存遭遇，至今讀來仍令人黯然：

- 我想不出祖國為什麼忍心遺棄我們。
- 我不為我自己說什麼，我只為我的伙伴們說出我所能夠說的。
- 世界上有一種比死更可怕的東西，那就是苦刑拷打。
- （當眷屬跟著軍隊撤退）不斷有人倒下，他們沒有一點預告的，正在茫然走著的時候，會猛然間撲倒到地上，沒有人扶他，連做媽媽的栽倒，孩子在地上啼哭，都沒有人多看一眼。
- 瘴氣延誤了我們的行程，而毒蚊卻使我們衰弱，卻使我們慢性的死。
- 高級將領們舒適的遙遙指揮著進入國境的弟兄去和共軍拚殺……

有關跋涉的淒涼、被追逐的艱險、戰鬥的苦難，《異域》不愧為活靈活現、悲壯的戰爭文學！以第一人稱實情實景的敘事，交織著「啊，祖國，眷顧我們吧」的哀號，敘事者掙扎於死難弟兄的回憶，與企圖遺忘而更難以排遣的傷感，還有人情冷暖不公的悲哀，都使情節深具戲劇張力。柏楊的歷史意識也化入筆下，敘事推進中適時援引三國史實以加強感慨；對人物的描述，則具備「現代傳記文學」的精神特質——求其真實而不標榜偉大；在極其複雜的軍政情勢、進退抉擇，保有對領導角色的敬意，但不塑造成神，時而指出其缺點還原成凡人。敘事者面對人事調動的「失誤」所生的情緒，也十分人性，真切有感。

像孤軍這樣的歷史罕見嗎？似乎是，也似乎不是。戰爭從來不會在人間消弭，攻訐、詭詐、殘害、掙扎正是人間的面相。時移勢變，不是哪一個黨對付哪一個黨的問題，而是爭鬥使人對付人的問題；是窮兵黷武的野心，凌虐黎民百姓的無助，是自私的人在一種狀態下失了人性。

當我懂得閱讀，我的現實世界已經安靜下來，不像我父母那一代的驚恐流離。也必須待我讀到《異域》，才能聯結上父親身歷的戰爭歲月，以及母親說的：前線運下來的兵士肚子捅了一個大窟窿，硬塞一把青草，兩眼怒睜著似乎還未斷氣的情景……

我讀的《異域》應該是一九六一年柏楊自創平原出版社的版本，是讀師專時在舊書攤購得的，後來因服兵役、搬家而不知所蹤。一九七七年星光出版社再版，我又買了給家人同看。遙遠的時間，其實不遠；遙遠的空間，其實也同在一個空間。想起《異域》這本書，證明我彷彿遺忘的事其實一直存在心中未忘。我的散文〈戰地斷鴻〉，描寫抗日時死守鄂北，三年後強渡怒江、仰攻高黎貢山的那位連長，正是我的父親。一九四九年初夏，父親最後參與的一場國共戰爭是淞滬保衛戰，上級指揮怯懦，他敗戰被俘，獲釋後中途逃命，間關千里而輾轉抵台，其情其景頗有柏楊「帶箭怒飛……」詩句之意象。（柏楊曾手寫一句詩贈我，記得行中有「帶箭怒飛」四字，可惜我一時沒能找到那幅字。）

父親來到台灣，終因被俘過，在我還沒出生即除役。他當過農夫也打過零工，一如泰北那位軍部副參謀長所吐露：「走到那裡都能適應，只要有一口飯吃就好……」「死」過多次的人，看淡了滄桑。

泰北另一個孤軍據點在美斯樂，那是段希文將軍統率的五軍的駐地。追隨趙社長採訪的第四天，我們到達那個山區，前此三日在極短時間彷彿遍歷了近半個世紀的慘烈，尤其不捨「在帕噹、在聯華新村、在回莫、在滿星疊……幾十或幾百個小孩子，手揮小面國旗，肅立於廣場，迎接我們，茫然地唱著：我不管生長在哪裡，我是中國人……」當汽車顛簸在美斯樂山脊，炙日曝曬，高溫攝氏四十，苦難的里程像是沒有盡頭。「段希文將軍的墓在哪裡？」有人問，但一行人再也無力往滿山蟬噪處去尋了。

一晃眼二十幾年過去了，當年我上香祭拜供靈一千六百餘戰士的鐵皮屋忠烈祠，不知還在否？當年我曾記下「從烈日烤曬的室外看室內，一團黑，雲在天風中快速移走，枯葉呼哨作響，除了遠處的風號，雲塊背後似也有聲音傳出，我恍惚感覺天地有怨怒」；而今放眼光亮的世界，充斥的卻是嘻皮笑臉彼此作踐的氛圍。一九六九年以「政治犯」入獄的柏楊傳下這本斑斑血淚、「忠心耿耿」的著作，年輕世代讀的人諒必不多。那麼，《異域》是一本被遺忘的書嗎？若人不曾記得，沒有感受，也有所謂的遺忘嗎？

遺忘是不是遺棄？且聽柏楊怎麼說：

「任何人都可以在重要關頭遺棄我們，我們自己卻不能遺棄我們自己。」

二〇二三年一月四日寫於紅樹林

目次

第一章

元江絕地大軍潰敗

現在，我在曼谷，這裡是一個昇平世界，在一個四十年來都一直過著戰亂生活的中國人看來，昇平的地方，便是天堂，而我卻不能在天堂久留，我要向北走，跳進一個和這二十世紀豪華享受迥然相異的原始叢林中，那裡充滿毒蛇、猛虎、螞蝗、毒蚊、瘧疾和瘴氣，沒有音樂，沒有報紙，也沒有醫藥，我的伙伴在那裡，那些伙伴中，有大學教授，有尚在襁褓中的嬰兒，有華僑青年男女，也有百戰不屈的老兵，他們大多數沒有鞋子，大多數身染疾病，病發時就躺倒地下呻吟，等病過去後再繼續工作。世界上再也沒有比我們更需要祖國了。然而，祖國在那裡？我們像孩子一樣需要關懷，需要疼愛，但我們得到的只是冷寞，我們像一群棄兒似的，在原始森林中，含著眼淚和共產黨搏鬥。我就要回那裡去，我不知道我能活到什麼時候，我一個人獨處的時候，便感覺到孤單軟弱，但伙伴們卻有一種別人不能了解的力量，使我們在憤怒哀怨中茁壯，這種力量，別人是根本無法了解的，所以緬甸人和共產黨都以為他們可以困死我們和打死我們，卻不知道越困越打越大，現在，他們改變策略，採取東西夾攻，但他們還是要失敗的。因為他們不了解我們的力量因何而生和我們的力量何在。

在那一塊比台灣大三倍的土地上，已灑遍了中國兒女的鮮血，我想不出祖國為什麼忍心遺棄我們，但這件事情是太大了，我只談一些可能忍受得住的，《飄》上的女主角郝思嘉有一句話：「等我忍受得住的時候，我再好好的想一想！」我不能說我現在已忍受得住，每當我一想到我追隨孤軍，從昆明撤退到邊區打下天下，以及現在的苦鬥，那些慘死在共產黨，慘死在緬甸軍，慘死在毒蛇口中的伙伴們的臉，就浮到眼前，我便連心都縮成一團，我不為我自已說什麼，多少比我道德學問高的都犠牲了，我只為我的伙伴們說出我所能夠說的，那要從民國三十八年開始。

一

民國三十八年那一年變動之大，現在回想起來，心頭還仍有餘悸。共產黨像決了口的黃河一樣，洶湧的吞沒了全國所有的省分，只剩下雲南一片乾淨土，而在這一片乾淨土上的首領，卻已決心向共產黨投降，人心惶惶，昆明城一夕數驚，作為一個堅貞不屈的戰士，內心的悲痛和徬徨只有上天垂鑒。我是第八軍的一個軍官，第八軍和另外的二十六軍的弟兄們，一直在焦急的等著變，但是，怎麼變，變成什麼樣子，誰都不知道，我們所知道的只是馬上就要變了。

三十八年十二月九日，雲南省主席盧漢在省政府召開軍政聯席會議，他那時叛跡未露，還是堂堂正正的方面要員，李彌和余程萬兩位將軍沒有理由不去赴會，而且還希望盧漢能在最後關頭，把穩了舵。他們去了，事情就真像古老的戰爭小說上描寫的那樣，當我追隨李將軍踏進會議室的時候，會議室裡竟像一座墳墓一樣的寧靜，座位沒有往常那樣擺起來，桌面上也沒有一盃茶，我心裡覺得有點異樣，我又驀的發現，凡是憲兵崗位的地方，全都由步兵接替，他們頭戴鋼盔，雙手舉槍。

約莫經過一個小時，出現兩個徒手的人，舉手向李將軍敬禮，說盧主席請他去，李將軍站起來去了，但我卻不能跟隨，我掙扎著聲明我是李將軍的隨從，我不能離開他，他們就把我架到一個好像是值日官住的房子，把門強從外面關起來。

我們一直關了四天，而李彌將軍和盧漢談過話後，便也被送到隔壁，我們只有一牆之隔，警衛人員雖不准我們談話，但我每天都清楚的聽到從他房間中傳出來的談話聲，大笑聲，咆哮聲，和盧漢親自來向他說服時帶著一大隊衛士的腳步聲。我不斷的在想我們的命運，我怕李將軍的態度會激怒盧漢，將我們拖出槍斃，又怕李將軍終於被他們說服，則我們有何面目走回軍營，幾天的煎熬，我想我已經瘋了！我嚥不下去一顆飯粒，那些馬上就要成為共產黨奴才，甚至終於要死在共產黨手下的大小叛徒們，卻一直向我發出得意的冷笑，我看見他們在撤走我面前原封未動的飯筷時那種嗤之以鼻的表情，不禁痛哭，我們如果死在這些人手裡，真是在九泉也不瞑目。

二

在我們被扣留的一段時間內，我深切的體會到「度日如年」那句話的份量，古人鍛鍊出來的成語，只有身臨其境的人，才能體會出它深刻的含義。我整天都在恐懼中，每一個在門外響起的腳步聲都使我發抖，我怕隨著那些腳步聲出現的是頭戴紅星的共產黨，我睡不著，剛闔上眼便被猛烈的心跳驚醒。我在斗室裡徘徊著，思念我的妻子政芬和我的兩個孩子安國安岱，政芬和我結褵十年了，她是一個嬌小的南方女兒，我雖一直轉戰南北，但總沒有使她受苦，我不禁想到，我死之後，她和孩子將怎麼活下去，她是不是要攜著兒女，哀哀討乞？還是被共產黨解回她從沒有回去過的我的故鄉，受那些瘋狂了的人的審判，於是，我哭了，一個中年人是不容易落淚的，但我竟忍受不住擺在眼前的生離死別。而在以後的十一年歲月中，我也常常哭，毫無羞恥之感的哭，在我們活在非人類所能活下去的中緬邊區那裡，只有眼淚才能灌溉出我們的力量，你要知道，我們是一群沒有人關心的棄兒，除了用自己的眼淚洗滌自己的創傷外，用自己的舌頭舐癒自己的創傷外，誰肯多看我們一眼？

我一直希望第八軍二十六軍的弟兄們能早一點發覺他們的軍長失蹤而有所行動，他們應該判斷出已經發生了什麼事情，可是，我陡的又害怕共產黨的地下工作人員已潛伏在軍部掌握大權，或者，可能他們也和盧漢一樣的也參加了叛變，想到這裡，我的血液都凝結起來。一直到後來，我才知道，第八軍和第二十六軍在李余兩位將軍被扣的當天晚上，就採取強烈的軍事行動，李國輝團長第一個發現情況不對，他在遍找他的長官不獲的時候，就打電話詢問盧漢，盧漢在電話中做出如獲至寶的語氣回答。

「天，我正要找你，快點到這裡來，我在省府大門等你。」

「我問我們的軍長在什麼地方！」

「正是為他的事，你快點來，越快越好！」

「我和軍長說話！」

「傻子，電話上不方便，快來。」

但李國輝團長並沒有上盧漢的當，軍心開始震動，幸虧，不久之後，他在軍部參謀人員的口中聽說李將軍原來去省府開會去了，乃二度打電話給盧漢，當他提出開會這件事的時候，盧漢知道消息已經洩漏，他的答覆是——

「炳仁兄剛剛才來，他很消極，感慨也很多，他要我無論如何接管第八軍，國輝兄，我現在就委你為第八軍軍長，聽綏寧公署的指揮，李將軍會在電話中告訴你的。」

炳仁，是李將軍的別號，盧漢在故意表示他和李將軍仍站在同一條線上。

「我聽李將軍的電話！」李國輝團長說。

李彌將軍不可能有電話，於是，李國輝團長便聯合二十六軍向昆明城垣猛攻，那時的第八軍三個師有四萬餘人，二十六軍也有二萬多人，無論在人數上和武器上，都壓倒守城的盧漢部隊。盧漢只有龍澤滙的一個軍和兩個保安團，一種被出賣了的憤恨，對賣國賊膺懲的敵愾，和營救長官脫險的怒火，使攻勢凌厲凶猛，在砲火中，伙伴們使用擴音器和軍中電台向城裡廣播——

「我們不會寬恕叛徒的，反正過來吧！」

「你們叛變了，你們要知道歷史是怎樣審判反覆無常的小人們的！」

弟兄們的聲音嘶啞悲壯：我想他們喊至痛心處會落下眼淚，我當時只聽到一句，那是省府衛兵宿舍裡那座收音機傳出來的，但啪的一聲被關掉了。

三

我被他們苦刑拷打是被扣後第三天的事，一直到今天，我都記得很清楚。那一天是十二月十一日，黃昏之後，我被帶進一間屋子，好像是什麼人的辦公室，一個穿中山裝的人，是的，是一個穿中山裝的人，天會詛咒他，他褻瀆了那具有紀念國父嚴肅意義的服裝，他像禮賓司的官員迎接一個國王似的迎接我，熱情的握著手，臉上堆著任何人看起來都是誠懇無偽的微笑，讓我在一條很窄的長凳上坐下。

「這是誤會，鄧將軍！」

他口中的「將軍」是充滿了敬意的，我便老老實實的告訴他，我說我只是中校，他搖了搖頭，遞給我一枝紙煙。

「在我們黨裡，」他說，「永遠是不問學歷經歷，而只問能力，我現在代表中央人民政府委派你為陸軍中將，只看你對人民的功勳如何了，我相信總會幫一點小忙的，昆明可以免去一場可怕的屠殺，你總不忍心中國人打中國人吧。」

「你是誰？」

「我是共產黨城工部的負責人。」

「我們彷彿很面熟？」

「對的，」他用一種充滿了歉意的表情笑了笑，「我們在肅奸會議上碰過面，我們是老朋友了。」

便是一聲霹靂打到我的腳前，我也不會如此驚駭，我認出他是誰了，我不能說出他的官銜，在祖國，具有這類官銜的人太多，那會引起不必要的誤會，但是，凡是在民國三十七八年在昆明參加肅奸工作的伙伴們，他們都會知道他，他就是蘇文元，一個在表面上看起來簡直是將近狂熱的反共者和忠貞分子。我之所以逐漸的看出他是誰，是因為在討論韋倫的專案小組上，我認為韋倫不過是一個愛發發牢騷的普通知識分子而已，而是他第一個站立起來表示反對的。

我永遠記得蘇文元在專案小組上那副狂熱的姿態，他脖子上暴著跳動的青筋，憤怒而悲痛的指責韋倫言論怎麼樣的偏激，雖然韋倫也攻擊共產黨，但那明顯的是一種偽裝，以求在離間民心，打擊軍心，動搖社會秩序上更有力量。我稍微表示點異議，蘇文元便進一步的用一種誰都聽得出來含著什麼意思的話，說我是在掩護韋倫。而現在，他卻代表人民政府委派我為陸軍中將，這是一場可怕的滑稽劇，我開始對共產黨有一個新的認識，他們最厲害的手段之一便是使我們的高級長官有錯誤的決策，和用我們的手來消滅我們的忠貞同志，打擊那些因希望我們好而做逆耳忠言的人，可惜我發覺的是太遲了，但對於以後我在中緬邊區的游擊戰鬥，卻有很大的幫助，我的伙伴們都領略過類似的教訓，否則的話，在兩面夾擊的邊區中，我們不能活到現在。

蘇文元找我談的目的，是他以李彌將軍的名義寫一封信給曹天戈將軍。事後我才知道，在我們被扣後，政府發表曹將軍接任第八軍軍長，在信上，李彌將軍請曹軍長暫時停止攻擊三天，讓我代李彌將軍簽字；我不得不說，沒有李將軍的吩咐，我不能這麼做。

我這一句話使蘇文元想到不使用暴力不能達到目的，他喚了一聲，進來兩個壯漢，他們沒有等到吩咐，便一直走到我面前，熟練的照我臉上狠狠的打下第一個耳光，這時候我才知道讓我坐到窄凳上而沒有讓我坐到沙發上的緣故，只一個耳光我便從窄凳上滑下來，接著我被拉起，又是第二個耳光，血從嘴角流下，順著下巴，一滴一滴的滴到我那抱在胸前發抖的雙手上。

「簽吧，克保兄！」蘇文元溫和的叫我。

我不答話，於是我便像一條狗一樣的被他們再打下窄凳，在地上滾來滾去，鞭子、皮鞋，和種種咒罵，我最後蜷伏到牆角，用我的背抵抗他們的撻擊，我的背便是那時打傷的，我哭叫著，每一次鞭子打下，我都哀號一聲，我自己都聽到自己淒慘的聲音，當我受不住的時候，我用頭往牆上猛撞，我希望撞死——我現在想起還要顫慄，世界上有一種比死更可怕的東西，那就是苦刑拷打。但他們不能讓我死，他們把我拉到屋子當中，打一會問一會，我爬到地下，昏迷不醒。

但最後停止用刑的原因，並不是我的哀號使他們動了憐憫，而是李彌將軍和盧漢虛與委蛇的關係。第二天，也就是十二月十二日，蘇文元笑著再度和我握手。

「克保兄，」他如對老友似的把嘴巴放到我耳邊，「李彌已答應反正，好了，人民政府會升他當司令員的。你的軍長沒問題，剛才不過是誤會，要知道，在大時代裡，誤會是難免的。」

蘇文元一直是滿面誠懇的笑，就是在我被打得地上滾來滾去的時候，他表現的並不是我所想像的得意洋洋，而是一臉同情和痛苦，好像苦刑拷打是一件嚴肅的事情，他不得已才為之。這是共產黨最厲害的手段，我深深的記在心頭，很多堅強的人都是這樣被騙住了，所以，我拒絕他們送來的使我連口水都要流出來的茶水，也拒絕他們送來的嶄新的將校呢軍服，我要把我被共產黨苦打的原狀帶到伙伴們的面前，好像一個跌倒的孩子，一定要媽媽撫揉才能消痛。

我和李彌將軍坐著盧漢自己的車子駛向城外，前線已經停火，李彌將軍歸來的消息已被通知第八軍。李國輝將軍當時只是一個團長，但他卻是和叛軍接觸最近的指揮官。他在我們防線後邊，陪同曹天戈將軍和其他高級長官，戒備森嚴的迎接我們，雖然我們和部隊分別了四天，卻像隔了一生一世，除了在戰鬥崗位上的弟兄，大家卻湧上來，他們向李彌將軍敬禮，然後，蜂擁的包圍看我，察看我被鞭子抽爛的衣服，和滿身的鞭痕血跡，不禁失聲，這時候，我聽到一個人問——

「我們真的要投降嗎？」

「不會的，」李彌將軍說，「時間很重要，攻勢不能停止，我們應該馬上拿下昆明。」

第一槍馬上劃破長空，戰鬥重新開始，我聽到背後弟兄們一陣尖叫，一顆子彈正擊中我們剛坐來的正向昆明城飛奔的那輛盧漢的座車，司機和衛兵踉蹌的跌下來，伏到路旁的水溝裡。

四

就在李彌將軍脫險之後，政府明令發表他為雲南省政府主席和雲南綏靖公署主任，受他指揮的，還有二十六軍，共六萬餘人，那時候的士氣十分高昂，武器精良，雖然只剩下小小一片河山，局勢還大有可為。可是，事情往往與願相違，一連串令人回想起來都要痛哭的不幸事件，使我們轉攻為守，轉守為退，以後更一瀉千里的潰敗下去，陷於全軍覆沒，假定這是氣數，我們復夫何言，假定這不是氣數，我們本身便是敗軍之將，雖然滿身是血，滿眼是淚，仍不能洗滌面上的羞愧。

我被送到瀓江休養，瀓江是一座緊傍撫仙湖的一個美麗的縣城，政芬和兩個孩子住在那裡，他們早得到我還活著而且平安歸來的消息，但她不知道我曾受苦刑。四五個要好的朋友送了一點酒菜，孩子換上新的、短僅及腰的夾克，同僚們在門口放起鞭砲，但我的傷口一陣一陣作痛，當兩個弟兄扶著我委頓下車的時候，大家都怔住了。後來，我勉強爬到床上——只有我胸口是乾淨的，我的背部被鞭打的創痕幾乎凝成一個和背一樣大小的血痂。我勸止她們的哭聲，告訴她們，無論如何應該歡喜才是，假設從汽車上抬下來的是一個屍首，又該怎樣？其實，即令抬下的是一個屍首，人生的歷程已經盡了，在一個百戰餘生的游擊戰士看來，似乎也很平淡。

這一次家庭團聚，留給我最深刻的印象。就在一個月後，大軍潰敗，那天晚上在我家為我舉杯的朋友們，不是被俘，便是戰死，寫到這裡，我感到無限的惆悵，但我對他們沒有慚愧，總有一天，我在中緬邊區戰死，或被共產黨殺死，或被緬甸軍殺死，或被毒蛇咬死，我都死而無恨，我會在另一個一定存在的世界裡，看到我的朋友們，抱著我那個孩子，笑臉相迎，我的兩個孩子。他們在一年後，先後死在中緬邊區，一個死在我的懷抱裡，一個爬到椰子樹上望父歸來，摔下來活活跌死，啊，蒼天！

五

現在，我們回頭談吧，李彌將軍脫險後，才發現余程萬將軍仍被扣押，於是，向昆明的攻勢自然更趨猛烈，第四十四師師長石建中將軍所部且進擊到昆明以北，昆明城陷於四面包圍，盧漢的抵抗一天比一天微弱。就在兩度猛攻後的第三天，就是十二月十四日的那一天，余程萬將軍也被盧漢送了出來，大家的歡呼聲，震動原野。

誰都以為余將軍的恢復自由，是大局的轉捩點，是的，余將軍的恢復自由，是大局的轉捩點，但那轉捩點卻使人昏眩，我們——包括李將軍在內，都以為余程萬將軍將率領他的部下，繼續和第八軍並肩作戰，攻克昆明，連上帝都想不到余將軍脫險後，卻悄悄的率二十六軍向滇南撤退了。

余程萬將軍在勝利在望的時候，忽然率軍撤退，我們不知道他是什麼想法，其中有什麼內情，外邊的傳言太多了，我們並不相信。對於一個做部下的我，對我們的長官從不懷疑，我們只有希望將來歷史家有一個公正的裁判，尤其是，余將軍已經死了，我們不能要求每一個將軍都要死在沙場，各人有各人的際遇，余將軍是有福的，他的二十六軍不但撤離昆明，而且一部分也很快的撤離雲南，我不是說過我們是孤兒嗎？民國三十八年我們便開始嘗到孤兒的味道了。

第二十六軍一撤，盧漢部隊于介興的一軍也兼程趕到，我們反成了一個被敵人包圍的局勢，不得不也開始撤退，這是一場大悲劇的序幕，以後便是撤退復撤退，多少弟兄們的鮮血灑在滇南的土地上。我被連夜的推上車子，到了蒙自，第八軍便在蒙自、建水、石屏一帶佈防，並將蒙自的飛機場重新修好，和政府取上聯絡。

我是於第二年，民國三十九年一月十四日，傷癒後隨李彌將軍和余程萬將軍飛往台灣的，到現在已十個年頭了，只在報紙上看到台灣有很多進步和變化，但印象已經模糊，我唯一記得起的是，台北和曼谷一樣，是一個昇平的地方，但我並不後悔我沒有住下來終其天年，在四國會議撤軍的時候我可以堂堂正正到台北定居下來。不過我知道我們這些風塵滿面的被人們稱讚的戰士，一旦真正的走到人們中間，並不會受到歡迎，何況是，我怎能離開那塊強有力的土地。

在台灣，我每天為李彌將軍整理資料，筆錄他的指示，在包括往返在內的四天內，他參加三次最高軍事會議，除提出報告外，並答覆詢問，和接受指示。我是沒有資格參加會議的，但我卻大略的知道會議的一切進行情形，和它的結論，最高長官最先詢問李將軍的意見，那就是說，第八軍撤退到海南島也可以，撤退到台灣也可以，都由李彌將軍自己決定。

「你怎麼回答，將軍？」我問。

「我報告說，我願留在雲南，建立基地。」

就這樣的，我們決定留在雲南，和共軍、和叛徒，作殊死戰。

四天之後，就是民國三十九年一月十七日，我隨著李彌將軍，余程萬將軍，和當時的陸軍總司令顧祝同將軍，張群先生，同機飛返雲南，在海南島途中，二十六軍已有一個團撤到海口，余程萬將軍留下來整頓，我們繼續飛到蒙自，蒙自那時還是二十六軍的防地。因為李彌將軍接受正在西康作戰的胡宗南將軍指揮的緣故，他第二天即將隨顧張二位先生飛往西昌，於是，就在當天的夜間，李將軍召集了一個通宵的軍事會議，大家紛紛發言，回顧以往戰役，面對著全國已完全淪陷，二十六軍已撤走了一個團，剩下的也要於明天繼續撤盡，第八軍獨撐危局的悲涼場面，談到痛心處，無不淚聲俱下。到了午夜，大廳上仍燈火輝煌，軍事會議最緊張的時候，情報來了，報告共軍陳賡越過文山，先頭部隊已接近芷村，正驚疑間，接著又來了一個情報，說並不是陳賡的部隊，而只是當地土共，大家才安定下來，然而，事後才知道，那並不是土共，而是真正陳賡的部隊。假設那時候大家得到的是這一項確實情報，該是多麼好，那至少可以在心理上有一個準備，或許因此而免去元江城那一場浩劫，但是，本來是正確的情報卻被錯誤的情報更正了，而以後再也沒有情報續報，防守芷村的二十六軍倉皇地撤退下來，他們急於乘機返台，連情報都來不及發了。

元江一戰，應該是大陸上最後一戰，結果是悲慘的，六萬大軍（包括第八軍全軍，二十六軍的六分之五——他們只撤走了一個團）除了李國輝將軍的那個團的一千人外，竟全軍覆沒，屍首和鮮血塞滿了元江！便是鐵石心腸，回憶起來，都會落淚，當時雖然渾渾噩噩，狼狽的逃出性命，如今檢討起來，卻是歷歷可指。

如果當時曹天戈將軍遵照著軍事會議上的決定，可能不會有以後的結果，至少在背靠著中緬邊區的南嶠、車里的那個三角地區，我們退可以固守，進可以出擊，昆明、百色，甚至重慶，便永遠在我們的威脅之下。那將是第二個台灣，海上和陸上兩把巨鉗，將逐漸的把共產黨的命脈鉗斷，尤其是，陸地上比較容易滲透，我們會號召更多的仁人志士參加我們的反共行列。可是，老天爺使我們的作戰計劃受到漠視，使我們落到草木皆兵的下場。

原來的作戰計劃是這樣的：盧漢的叛軍不足慮，可慮的是陳賡的正規軍，共軍是一個打包圍戰的能手，那時候廣西的百色已經淪陷，陳賡的大軍一定向西挺進，經文山、河口、金平、江城，直趨車里，這樣的，我們便全部被裹在他的口袋之中，只要輕輕的將口袋束緊，我們便插翅難逃了。所以，在當晚軍事會議上，決定將主力東移，在芷村、文山、馬關一帶，和陳賡部隊決戰，陳賡部隊從東北轉戰到西南，那是真正的強弩之末，勢不可穿魯縞，我們是可以打勝的，滇南至少可以安定一個時期，可以從容補充訓練，如果戰敗，則大軍迅速的撤到元江以南。我記得清清楚楚當時的分配情形，以後事實證明當時的決策是對的，但那要用六萬人的生命去證明，怎不教人掩面悲慟。

原來的作戰計劃是：

駐蒙自的一師，南行十里，從蠻耗浮橋過元江，沿江向北急行軍挺進，攻克元江縣城，佔領元江鐵橋。駐開達的一個師和駐雄普的一個師，南下三十里，在水塘一帶渡江，即行佈防。駐石屏的那一個師則南下在水塘附近渡江。

然而，再好的計劃抵不住氣數——不要笑我迷信，一個經常和死亡為伴的人，我們唯有相信冥冥中自有主者，相信上蒼一直像慈母樣的在身旁看顧我們，我們的心頭才能寧靜。諸葛亮把司馬懿圍困在葫蘆谷中，怒火遍山，卻被大雨澆熄，那不是天意又是什麼？我們全軍覆沒，大概也是如此，我想我們身上過重的罪譴，使我們痛苦的遭受毀滅。

第二天，是三十九年一月十八日，凌晨，軍事會議結束，各將領返防，我被留下來，我想我留下來也是天意，使我能看到大陸上最後一戰，是怎麼開始的，和怎麼結束的。也幸虧我留下，才能救出我的妻和我的孩子，兩個孩子雖然以後終於也去了。但我已盡到我父親的責任，啊，孩子！

李彌將軍和顧張二位先生飛往西昌了，蒙自恢復平靜，二十六軍把裝備收拾妥當，準備上飛機撤走，第八軍的四十四師，在師長石建中將軍率領下，進駐蒙自，預備明天正式接防，因為情報不靈，大家腦子裡的判斷是，大體上一切平安，盧漢的叛軍被阻在十八寨附近，文山、芷村一帶又不過是土共騷擾。而一月十八日那天，恰恰又是陰曆年的除夕，雲南氣候，雖四季如春，但在心理上，總覺得要過年了，多少年來，伙伴們轉戰南北，難得有一個平靜的除夕。於是，就在蒙自城，就在共軍部隊強行軍向蒙自啣枚疾走挺進的時候，我們還興高采烈的在看演戲。

六

一個悲劇的造成，因素是多方面的，缺一個便不會鑄成那樣的結局，假使那一天芷村守軍不急於撤退，情報能早到一小時，第八軍可馬上接防，或者是原來就在防地的二十六軍也能充分的沉著應戰。無奈的是，偏偏那一天沒有進一步的情報，偏偏那一天是兩軍交接的前夕，防務空虛，所以，當大家正在看戲，當大家有的包餃子，有的骨肉團聚，共慶新年的時候，陳賡部隊已進入蒙自，甚至直到那個時候，我們還仍以為他們是土共或盧漢叛軍，沒有弄清楚真相。

倉促應戰後，我們向箇舊、建水撤退——這次撤退真是潰敗的先兆，大家像逃避瘟疫似的，丟下所有可以丟下的東西（有家眷的人更丟下他們的家眷），狼狽的向西飛奔。我本來和政芬，帶著我們的孩子，坐在走廊那裡，一面看戲，一面吃剛買來的餅乾，一陣槍聲和嘶喊聲之後，台上台下大亂，人們拚命的往外擠，我拉著妻兒，伏在牆角，這是我們能逃出魔掌的主要原因，凡是拚命往外擠，唯恐逃不出去的人，多半被踐踏在地上——我不能再多說了，說了徒增已死的人和我們這些未死的人的羞愧。

第二天天亮之後，蒙自已陷敵手，事後我們才知道，李彌將軍在西昌發現電訊中斷，便立即乘機趕回，可是，蒙自機場已不能降落，他的飛機在蒙自箇舊一帶盤旋，看到的全是西撤的凌亂行列，和三五成群的敗兵。他萬想不到一夜之間，竟會發生這種天崩地裂的變化，他吩咐飛機直飛台灣，一場大會戰計劃是失敗了；但他還希望我們能遵照著第二個計劃，迅速脫離敵人，到元江南岸佈防，嚴守元江，因為元江兩岸，全是高插入雲的懸崖絕壁，江面窄狹如帶，水流急湍，一挺機槍便可控制相當長的江面，使敵人連頭都抬不起來。

然而，所有的箭頭都指向失敗，天意如此，誰也阻擋不了。我帶著政芬，抱著兩個孩子，逃到建水，找一家民房安住下來，便到軍部打聽消息，我才知道，李彌將軍到了台灣來了無數電報，命令大軍照原來的作戰計劃，迅速行動。

「請絕對放心！」曹天戈將軍的回電只有一句。

第一個最大的錯誤，是大軍沒有馬上向元江南岸撤退，而在石屏建水一帶逗留了四天。退卻戰需要有高度的將才才能指揮，主要的一點在於「迅速脫離敵人」，你必須像風一樣的用逃跑似的速度撤退，不顧惜任何土地，不顧惜任何城市和裝備，劉備長珏坡所以如此的慘，便是他的大軍撤得太慢，被敵人尾追啣住了。假使我們不多逗留那不必要的四天，我們已從容的到了元江彼岸，再多的共軍，他們都將無用武之地，即令他們在集結大軍後能擊破我們的防線，我們六萬人也會平安的轉戰到中緬邊區，和後來只剩下一千人的情況，兩相比較，我們的命運該是多麼淒涼！事後我的伙伴們曾經議論紛說參加決策的人有間諜在內，故意使我們的高級長官發出錯誤的判斷，往事已成黃花，那就非我們所可知了。

第二個最大的錯誤，是撤退的程序，恰恰的把原來的作戰計劃全部推翻，原來的計劃：四個師要直接南下，逕搭浮橋，橫渡元江的，結果卻成了下列的局面——

按照原來的作戰計劃，駐開達的一〇七師本應該和駐普雄的教導師，南下在水塘渡江，這時候卻奉令捨近求遠的從蠻耗渡江，沿元江北上攻佔元江縣城。而本應從蠻耗渡江的四十四師，卻奉命和其他兩個師——一共是三個師，擺成一字長蛇陣，沿著礦山的小鐵道，在石屏集結，再從石屏直向元江鐵橋撤退。

事到如今，我們還能再說些什麼呢？我們還能再來講誰呢？這次大軍行動的指揮官軍長曹天戈將軍和陸軍副總司令湯堯將軍在元江鐵橋被俘，一年後在昆明被共產黨槍斃，當然不是他們要誠心如此，我和我的伙伴們每逢談起，便為曹湯兩位將軍哭，他們把六萬大軍帶到一個可怕的絕地，毫無抵抗的遭受屠戮。

我被派到四十四師部服務，和師長石建中將軍在一起，眷屬們則集中一塊，在我們的先頭前行，四天之後，（上蒼，詛咒那可恨的四天吧！）我們在側面全部暴露下，拖邐著進入山區，向西北行軍，目標是元江鐵橋，曹將軍已命令一〇七師師長孫進賢將軍率部經蠻耗沿元江南岸北上，在那裡等候，並掩護我們通過。

我和石建中將軍過去一向是很熟識的，但要認識一個人，僅僅熟識還不夠，而必須藉著相當長時間的談話和共事，才能發現對方到底是個什麼人，我承認我對他的印象不太良好，因為他不像其他軍官，他從沒有諂笑的顏色，也從沒有特別的殷勤表示，我們平常叫他「白面書生」，這是沒有多少敬意的，但是，在這次行軍途中，我和他生活在一起，才發現我是多麼無聊。我和我的同伴在背後曾說過很多他的壞話，雖然他不知道，但我內心的責備，卻日加劇烈，石將軍是在我們全軍覆沒時自殺的，他是大陸最後一戰中唯一的一位壯烈成仁的將領，當我寫到這裡的時候，我相信他的忠魂會看到我盈眶熱淚。

七

在地圖上看來，石屏和元江縣城，相距咫尺，事實上，兩地間直線距離也不過只四十華里，但是，誰都料不到那裡竟是我們大軍的葬身之所，橫亙在那裡的竟是高插霄漢，群峰如林，寸草不生的不毛之地。諸葛亮在征南蠻的時候，也曾陷於這種窘境——雲南到處是山，這種寸草不生的不毛之地太多了，但諸葛亮在焚香祈禱之後，有泉水湧出，有賢人指示他一條生路，而我們卻是得不到一點救援，上蒼眼睜睜的看著我們踏進

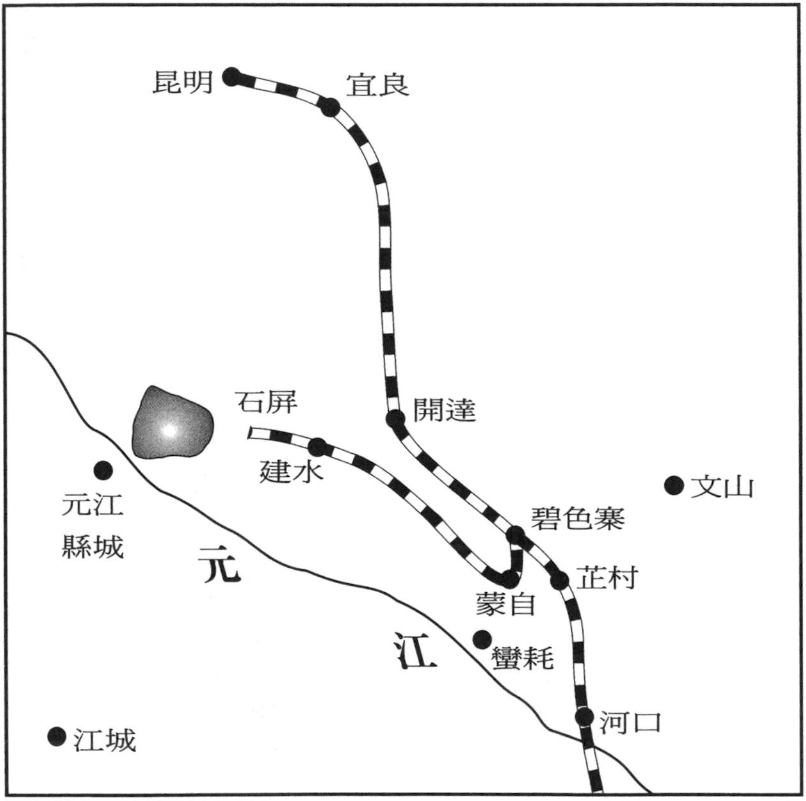

第八軍暨第二十六軍在石屏元江間潰敗形勢圖

死域，而沒有給我們一點暗示。將領們都很英明，參謀們也人才雲集，卻是沒有得到這一帶地形的情報，貿然揮軍進入，除了用天意來解釋外，我們還能說什麼呢。

大軍一離開石屏，進入山區，大家心裡便覺得有一種難以掩飾的緊張。山徑崎嶇而狹窄，像蛇的肚皮一樣，在亂山中蜿蜒著向前伸展，只能容許一個人通過，六萬大軍不得不擺成單行，沒有左衛右衛——山巒陡削，排成單行，通過已是困難，不可能再有側面掩護。我們時時都提心吊膽，任何一個山頭上露出一挺機關槍，我們便會像甕中之鱉一樣，束手待斃，所有的重武器都拋棄了，大家輕裝備爬山，冬天的陽光雖然是溫暖的，但在不久之後，大家便被曬得和累得汗流浹背。

當天中午，午飯後休息的時候，石建中將軍扶著拐杖，不斷側起耳朵，很久很久。

「情形好像不太對！」他低低的對我說。

「你聽到什麼了嗎？」

「不，正是因為沒有聽到什麼，你感覺出來沒有，這一帶的山是多麼靜。」

他的話提醒了我，我也側起耳朵，除了弟兄們零落的談話聲外，大地上果然沒有其他一點聲音，連一點蟲鳴的聲音都沒有。我們進入的分明的不是一座叢山，而是一座古墓。

「靜得可怕，」石將軍說，「而且這一帶的山好像被火燒過似的。」

這種被火燒過似的不祥的預感卻是每個人都有的，但都埋在心頭，一句話道破心頭的隱憂，圍繞在石將軍周圍的師部官長們大家把頭轉過來，驚慌的期待著石將軍的下文。但是，石將軍沒有再說什麼，只低下頭，那年他才三十五歲，但看起來他似乎已是很老了。

本來預計當天晚上便可到達元江鐵橋的，可是，就在那絕地的亂山叢中，一個山峰接一個山峰，一個深谷接一個深谷，爬不完的山，越不完的嶺，以為只要爬過前面那個山頭便可以看見元江鐵橋了，卻另有一個山頭在面前聳起。聽不到聲響，看不到鳥獸，假使能有一隻鳥飛過，我們都會歡呼，可是什麼都沒有，尤其使人心情一天比一天沉重的是，看不見一根青草，起初還有一棵兩棵垂死的小樹，後來簡直是什麼生物都沒有了，所有的山峰都枯乾的和死人臉皮一樣的焦黃，萬丈深谷，卻沒有潺潺的水聲，俯身靜聽，聽到的只是隱約的風吼。

七天之後，我們還在亂山裡打轉，糧食已發生恐慌，但更為可怕的還是沒有飲水。

我不能形容政芬她們那些眷屬們和孩子們的慘狀，她們滿腳是泡，幾乎是一面哭，一面一步一步的往前挨，母親們用她們那只有少許津液的舌尖舐著孩子們的枯焦的嘴唇，更把自己哭出來的眼淚拈來潤濕孩子們渴得一直伸著的舌尖，可是到了後來，她們連淚也哭不出來了。弟兄們像抽了筋似的喘息著，我緊跟在石建中將軍身後，他早已不再騎馬，只扶著手杖，帶著他那滿是創傷的身子，一拐一拐的走著，他的嘴唇乾得裂著幾條寬縫，兩眼因缺少水份而焦紅，但他仍支持著，告訴他的部下——

「快到了，渡過元江鐵橋，我們便可以好好的休息！」

大家唯一的盼望便是早一點到元江鐵橋，這點希望支持著大部分的人咬著牙活下去，然而，仍不斷有人倒下，他們沒有一點預告的，正在茫然走著的時候，會猛然間撲倒到地上，沒有人扶他，連做媽媽的栽倒，孩子在地上啼哭，都沒有人多看一眼，每個人都剩下一絲氣息，地獄就在腳下裂開，我們眼前不斷浮著鐵橋的影子。

「孫師長應該早到元江城了，」石建中將軍對我說，「上天保佑他！」

八

然而，我們最恐懼的在途中會受到的側擊，卻沒有發生，而我們肯定的以為只要走出山區，便一定可以渡過元江鐵橋的希望卻粉碎了！我們好容易掙扎到江邊，像一個受盡折磨歸來的天涯遊子，含著欣喜的眼淚，正要撲向慈母懷抱，卻發現慈母已死，人生慘事，孰逾於此？

當先頭部隊遙遙望見元江時，歡呼如雷，這空前的消息立刻向後傳遞，不到二十分鐘，拖達二十華里的士兵，全部知是已經得救了，大家的腳步也快起來，精神陡的百倍振奮，哭聲和啜泣聲也逐漸停止，甚至還聽到了笑聲和談話聲。我是在第七天下午，先頭部隊遙遙望見元江前的一個小時，在山徑和政芬重遇的，她把頭埋到雙臂裡，坐在亂石上，兩個孩子就躺在她的身旁，我抱起國安，那一年，他才六歲，可憐的孩子，他已牽著媽媽的衣角，徒步走了七天，小腳腫得像麵包那麼厚，雙目緊閉，臉上紅得跟燒過的一樣，再抱起安岱，她也正在發著高燒，我用舌頭舐他們的嘴唇，我覺得我的舌尖上鹹鹹的，我的眼淚流下來了，政芬仰起頭，瞪著魚一樣的眼睛望著我，我們互相看著，弟兄們的腳步在我們面前蹣跚的踏過。我聽到死的呼喚，我想我們夫妻父子，就要葬身在這不知道那年那月才能走出來的叢山中了。

先頭部隊發現了元江的歡呼喚醒了我們，我抱起國安，將安岱交給政芬，扶起她來，懷著無比的投向母親懷抱的心情，搾出最後一點力氣前進，可是，不一會，我便聽到帶著恐怖的竊竊私語——

「元江鐵橋被炸毀了。」

「對岸不是二三七師，好像是共產黨。」

險惡的消息像暴風一樣掠過耳際，沒有人相信，猶如一個孩子不肯相信母親會拋棄自己一樣。我們堅強的互相安慰著，但逐漸的，越來越證實上邊的傳說，後來，我也走到江邊，那座多少日子來都在夢中出現的元江鐵橋，果然只剩下一個折斷了的，而且被扭曲成像一團亂麻般的殘骸。六萬大軍聚集在江岸與叢山之間的狹小山坡上，面對著滾滾江水，哭聲震動山野，那是英雄末路的痛哭，上天有靈，聽到這哭聲，也會指示給我們一條生路的，但是，我們看不到一點動靜，曹天戈將軍縱馬視察，發覺我們已是前進不得，後退也不能了。

當夜，大軍露宿在江畔，滿天星斗，月明如畫，觸動了多少人的哀思，伙伴們在獲得從元江汲出來的河水充分供應後，都疲倦的睡了。我安頓政芬和孩子們躺下，獨自去找石建中將軍，打聽消息，他剛從曹天戈將軍那裡開會回來，臉色沮喪，我們在到處都是弟兄們躺著的山石中輕輕走過，走到江邊，望著對岸黑漆一團的元江城。

「孫錦賢投降了。」石將軍沉痛的說。

我像中風了的老人一樣，呆在那裡。事後我才知道，孫錦賢在打了一場勝仗後，心理上卻告崩潰，他命令把鐵橋炸斷，又舉軍向那被他擊敗，尾追他的陳賡部隊投降。天啊，孫錦賢將軍是一位最恭順，最得長官歡喜和欣賞的將領，否則的話，不會派他單獨負擔那麼大的任務的，但是，當他發現必須向另外的主子恭順才可保全他的生命和榮華富貴時，他用同樣的手法照做了。我鄙視他，六萬人的血債都寫在他那卑鄙的靈魂上。

「我想家，克保！」石將軍愴然說。

「你家有什麼人呢？建中！」

「母親，我的媽媽！」

我看到他哭了，他用他的拐杖輕敲著石子，把臉背向著我，無限的敬愛從我心底升起。他在四年前負的傷，迄今行動都不方便，那是三十六年十月，第八軍固守臨沂的時候，共產黨以十四個縱隊的兵力猛攻，石將軍那時還是獨立團團長，他和敵人一個桌子一堵牆的搏鬥了八天八夜，他那一個團中，副團長和兩個營長陣亡，他身負四傷，仍一手執槍一手執電話指揮，終於把敵人擊退，他的勇猛善戰和赤膽忠心，使山東境內的共軍大大的震駭。但是，雖經李彌將軍三次力保，他仍升不了師長，因為他的「學歷」不夠——啊，學歷、資歷，敵人在我們身上用刺刀刻下的記號不算，卻靠著一張紙做的文憑，這是一個大動亂時代，不是伏案治國的昇平之世，很多人都被學歷經歷和人事關係逼死逼走了。但石將軍總還是幸運的，最高長官親自提升他為師長，而他卻一直遲到一年後才到職，因為他認為他不能接他朋友的差事。

那天晚上是我們最後一晚的安宿，明天，大軍便被摧毀了。我和石將軍在江邊談著，談了很久，他談他的將來，他要回家侍奉他的老母，他還有一個侄兒，可能已到台灣，談到我們目前的處境，他閉目不語。

第二天一早，盧漢叛軍由昆明兼程而至，而元江南岸的共軍也開始射擊，我們腹背受敵的抵抗著，飢疲之兵，再加上彈盡援絕，我不能再多說我們大軍覆沒時，被衝進來的盧漢部隊和共軍橫加屠戮，女人和孩子都不能倖免的慘況。除了曹天戈將軍和湯勤將軍被俘外，教導師李正幹師長也被俘了，第三師田宗達師長似乎明智得多，他懸白旗投降，只剩下石建中將軍，他率領了大約一連的弟兄，退到江邊，伏在岩石上，看見他的部下受到屠殺，六萬人一霎時化為一灘鮮血，共軍又一步一步向他逼近，而他的子彈已快用完，他嘆了一口氣，一句遺言都沒有，便舉槍自殺，他的屍首滑到元江裡，隨波去了。

石將軍的未婚妻那時正在台灣讀書，我不知道她現在怎麼了，事過境遷，她會和別人另締秦晉的，但我卻永遠難忘我最後聽到的元江的嗚咽。

九

戰爭是無情的，勝利和失敗，決定於誰的智慧最高，《孫子兵法》上也說過，「多算勝，少算不勝！」元江悲劇，不但是我們算得太少，而且是我們算得太錯，談到這裡，我想到很多問題，所謂氣數，在某種意義上，可能是指這些事而言吧，當錯誤一連串的鑄成，而且還加上一個決策性的大錯誤的話，那便是氣數定了。

大軍潰敗之後，戰死的戰死，倖存的伙伴被繳去槍械，叛軍把我們劫後餘生的一些人趕到江邊，警戒森嚴。世界上最難堪的事，莫過於被自己手下的敗將俘虜，叛軍們正是盧漢據守昆明的保安團，他們在警戒線外用尖銳的字眼，向我們諷刺挖苦。一批不知恥的，在李彌將軍被扣前還在昆明高呼「蔣總統萬歲」的盧漢的文工隊員們，在寒風冽冽的山坡上，燃起營火，圍繞著跳著秧歌舞，一個帽子上戴著耀眼紅星的軍官，向我們殘餘的士兵們訓話，宣佈共產黨的六大政策，保證我們每個人都可以平平安安回鄉生產。大家很靜的聽著，頭都在不斷的縮動，孩子們的啼哭，女人們的啜泣，和叛軍們的秧歌聲呼應著，那個軍官的訓話，好像永不會說完。

「我們餓了！」一個孩子突然喊。

那軍官似乎就在等這一句話，不管是孩子喊出來的，或大人喊出來，他已抓到了一個關鍵，他向大家笑容滿面的宣佈，「人民解放軍已準備了熱騰騰的饅頭和大量的牛肉湯在等你們，但是，有一個條件，那就是，交出你們中間的官長來，指給我，少尉以上的官長統統應該受到更優的待遇！」

沒有人動，他是在用馴獸師對付禽獸一樣的方法對付人類了，在發現誘惑不生效用之後，他轉變了策略，決心激怒我們，於是，他拉下臉，指著大家——

「你們這些豬都不如的東西，拿出你們的威風來，當官的平常表演十足，唯恐怕別人不知道你是官，現在，你們的行為比得上豬嗎？用你們這種沒有骨氣的人當官，你們怎能不倒楣！」

大家的怒火在胸中燃燒，政芬拉了一下我那發抖的手臂，呻吟道，「忍耐，克保，孩子還小！」我向左環顧，弟兄們的嘴都緊閉著，從無數聳動著的面頰上，我知道他們正在不斷咬磨著牙關，就在這時候，悄悄的、一聲不響的，一個瘦削的、穿著破舊西服的人站起來了。

「天啊，」我心裡喊，「他是韋倫，什麼時候隨軍撤退的！他要幹什麼呀！」

「歡迎你講話，同志！」那軍官如獲至寶的伸出雙手。

韋倫緩緩的走向那軍官，像他在雲南大學走上講台那樣的鎮定，秧歌舞停止了，所有的眼睛集中到他身上，誰都不知道他要做出什麼事，和說出什麼話。大家的心都緊張的要馬上崩潰，韋倫臉上卻流下兩行眼淚，他大聲向那些文工隊員們喊——

「你們做的事，你們不知道……」

「同志……」那軍官說。

「我不是你的同志，」韋倫沉重的說。「我是中國人，一個有道義、忠貞不二的中國人，你看看你的帽徽吧，青天白日的圓圓印徽還留在上面，我們如果是豬，你是什麼？你已換上五星的了，你們以為迫害譏刺你們過去的同僚越厲害，共產黨就越看得重你們，是嗎？歷史是會重演的，吳三桂是怎麼迫害永曆的？你們文工隊，一群天真的孩子，你們殺了人還不知道是怎麼殺的，你們，保安團的弟兄，你們才是一群豬，一群豬！」

大家陡的把頭低下，五六個人擁上來把韋倫擊倒在地，向營火堆上擲去，他慘叫著跳出來，身上帶著熊熊的火焰，滿地亂滾，但是他還是在罵。終於，一個文工隊員澆上去一桶冷水，他喘息著，被拖走了，在拖走的時候，萬籟寂靜，只有他那還沒有斷氣的身體在亂石上摩擦著發出使人肝腸都斷的聲音。

我一直慚愧我當時沒有挺身而起，我想我是一個懦夫，在以後的日子裡，我不斷的想起韋倫，他，一個不合潮流的書呆子，使他在人類中樹起一個永不向權勢屈服的好榜樣，為世界留一點正氣。可惜我們不是朋友，沒有他的照片，但我將來一定要請一位畫家畫下他的肖像，我可以仔細的形容出他的輪廓。

我逃過元江是第二天深夜的事，第一天晚上便有人逃過去，叛軍們似乎沒有發覺，或者是發覺也不重視。第二天晚上，幾個伙伴們，幫助我，用綁腿帶把安岱綁到我背上，把國安繫到我肩上，然後我和政芬，一個人抱著一塊木板，被繩子從懸岩上吊到江心。

一〇

我們順著元江飄流，水寒刺骨，岸上不時傳來槍聲，我們往那裡去呢？飄到那裡為止呢？不過，滿江的伙伴們沒有人提出這個問題，當大難臨頭的時候，人往往是群性的，元江既是唯一的出路，大家自然趨向這條出路。

一路上，因為有木板在懷，而且又是順流而下的緣故，倒並不吃力，但內心卻是無限的恐懼和憂傷，而孩子們的哭聲一直沒有停止，哭得心腸都碎了，假使他們的父母把精力用到別的事業上，他們正是天真歡笑的年齡，他們會在美國，會在台灣，挾著書包和小朋友們奔跑追逐……這是我的無能，我對不起孩子，他們的小小靈魂，恐怕永不會原諒他們的父母。

大概是半夜，我們望到南岸有一團營火，元江鐵橋的營火印象正深，大家在江心裡便更加發抖了，有的緊攀著懸岩上的小樹，望著巉巖的江壁，喘息不語，有的卻不顧一切繼續划下去。營火所在地似乎是有個渡頭，渡頭上空無一人，只有那一堆營火，像天方夜譚故事裡的妖宮一樣，我們正在猶豫，堤岸後邊傳來聲音。

「國軍嗎？」

「誰叫我們！」大家喊。

「快跑上來，飛快跑過河灘。」

「你們是誰？」

「七〇九團，我們在截救你們，快跑過來，小心對岸土共射擊。」

就這樣的，我和李國輝將軍見了面，我們是老朋友了，他和他的那炸壞元江鐵橋的孫錦賢師長恰恰相反，他是一個固執而過分的基督徒，不善講話，不會應付，是一個最不受人歡喜的人。聽說他現在住在台灣，生活很苦，我不知道他的住址，我身邊還有他當年在中緬邊區攝的照片，想寄給他，寫了幾封信，請朋友代轉，都沒有接到回信，不知道沒有轉到呢？還是他沒有回信，抑或他回信了，而我沒有收到？一切都在雲霧裡，整個中緬邊區在他的指揮下開闢和壯大，游擊隊的幹部，全部是七〇九團的部下，以他那樣貌不驚人，言不壓眾，又不能討人歡心的人，作起戰來，卻是無比的凶猛，全部中緬邊區的戰史離不開他，他的部屬不僅沒有被繳械，反而打出另一個比台灣大三倍的天地，遍插青天白日旗幟，使聯合國大為震驚，但是，他現在是在台灣靠養雞為生了。我也不太喜歡他那副不知道逢迎的個性，他比石建中將軍還要更糟的是，他只是行伍出身，一切不利的因素綑綁著他，聽說他在台灣還吃上官司，經過特赦才恢復自由，我懷念他，追隨他轉戰千里，全是他的袍澤，游擊戰士們都懷念他，但是，他既已被投閒置散，讓他投閒置散吧！

見了李國輝將軍，我才知道孫錦賢師長出賣大軍的經過，講起來像向孩子們說的故事一樣，幾乎沒有人會相信，但事實竟是真的。原來，當二三七師渡過蠻耗後，便向北前進，一舉攻克了元江縣城，並派兵據守鐵橋，卻料不到左等右等，一天一天的過去，大軍始終不來，而陳賡的共軍卻從河口繞道北上，就在元江縣城，雙方發生接觸，我軍第一仗便俘虜了敵軍八百人，這應該是一場輝煌的勝利了，卻萬萬料不到，問題就出在這個輝煌的勝利上，天！那一次如果是打一個敗仗的話，情形或許會是兩樣。

孫錦賢師長在俘虜了那八百人之前，始終以為和他作戰的敵人只不過是盧漢的叛軍和土共，可是，在俘虜了那八百人之後，他發現俘虜們的口音不對，經過詢問，原來是來自山海關的共軍野戰部隊，便是毒蛇咬了他一口，也不足以使他發出那種絕望的哀號。他徹夜的在他司令部走來走去，然後，召開軍事會議，在會議上，他悲傷不已的提出停戰的理由，俘虜中一個階級最高的中尉，坐他旁邊，很「客氣」的聽著，他把局勢分析給大家聽，如不能「起義」立功，那結局是很明顯的了，孫錦賢師長似乎永沒有想到，陳賡共軍的主力怎麼會一時集中在一起？如果不投降，六萬大軍是可將陳賡驅回元江東岸的，但是，他決定那樣做了，誰還有什麼辦法呢？

只有李國輝將軍悄悄的從座位上站起來，他用兩條腿飛快的跑回團部，下令戰備行軍，重行出發，背棄了他那叛變了的頂官上司，悄悄的沿著元江，向南撤退，一直退到水塘，共軍南北夾擊，才將他團團圍住。我們相晤的那一天，他已被圍到第四天，槍彈雖有，糧食已絕。然而，就在第二天，我們突圍成功，向中緬邊境進發，也便從那個時候開始游擊，開始過著另外一種日子，打著另外一種戰爭，也開始了我們十一年來，用血和淚洗面的生涯。

二

七〇九團所以能夠突圍，得力於李國輝將軍的一個夢，要知道，沒有糧食比沒有彈藥、沒有援軍，更使人絕望。沒有彈藥，可以肉搏，沒有援軍，可以孤軍奮鬥，然而，沒有糧食，便什麼都完了。七〇九團所帶的糧食已經用光，水塘——也叫大水塘，不過是一個叢山裡的小村，根本搜集不到什麼。可是，李國輝將軍的一個夢救了我們。

那是突圍的前夕，半夜時分，我和他正靠著椅子假寐，忽然間，他跳起來。

「醒一醒，克保兄，」他搖我，「發生了一件奇事？」

「有什麼情況嗎？」我大驚道。

「不是，」他嚴肅的說，「我大概是一面禱告一面睡著了，我看見一個白鬍子老頭，穿著粗布衣服，鄉下人打扮，他對我說，就在房子後面山洞裡，有很多存糧，快快的走吧。他身後站著許多豺狼虎豹，向我張牙舞爪的吼叫著，他還說，不要怕，只要信。」

我嘆口氣，「可憐，國輝兄，你要病倒了。」

「不管，我要去看看。」

我認為這件事是荒謬的，便仍睡自己的覺。他帶了一個副官，手拿電筒去了，只一會功夫，兩個人竟然笑容滿面的跑回來，果真的山洞裡存著大批糧食！天啊，誰能為我解釋這個奇蹟呢。李國輝將軍高興的跳來跳去。等到分派完畢，每個人攜上四天的給養後，他下令造飯。

「真要突圍嗎？」我問。

「你看！」他把我拉到院子裡。

即令到今天，我還能夠說出來那時候我的驚喜。四周山巔空前濃烈的大霧正向鎮上瀰漫，而且剎那間，臉上覺得濕濕的，屋子裡的燈光像一粒豆大樣的燐光被沉重的霧裹住了。請恕我用這麼多的言詞來敘述一個神話，我也不相信會有一個白鬍子老頭向李國輝將軍托夢，但我卻相信他是有這個夢的，一個在患難中的人，有他不可思議的第六感，而那山洞中的食米，則分明是村人們為了躲避兵燹的私藏。但是我不否認我也是迷信的人，人們常說，真正的科學家都是迷信的，因為他發現他不了解的因素是太多了；一個整天和死亡握手的戰士，心理上自然也總是蒙著命運的陰影，就以大水塘突圍而言，沒有那及時的霧，我們便無法逃出共軍的掌握。

拂曉，一千多個士兵和婦孺，手牽著手，在持槍實彈的嚴重戒備下，由本地人在前嚮導，順著山徑，向西南突圍，大霧迷茫，伸手不見五指，只有一個共軍貿貿然就近察看是什麼部隊——他們萬料不到我們有膽量滑出他們的包圍——被弟兄們掐住脖子，把屍首推到山澗裡。沿路分外的平安，我們特別挑選了三十幾個北方籍的伙伴們，一面回答共軍哨兵的口令；一面在發覺情況有異的地方，互相大聲講話，講著山海關之役如何，徐蚌之役如何，陳司令員如何勇敢，盧漢同志如何合作等等，我們偽裝成陳賡的共軍，以出擊的姿態前進，沿途的叛軍也好，共產黨的正規軍也好，都以為我們是友軍，讓我們順利的通過。

可是，到了捷克，大霧逐漸消失，一輪冬天稀有的沸騰了似的太陽照在空中，共軍發現我們的行蹤了，便重新調動大軍，將我們包圍，捷克這個村子比水塘還要小，然而，大軍將我們圍得水洩不漏。正在上天無路、入地無門的時候，就在村後的山叢中，土人指給我們一條亂石堵塞了的山洞。

二

那個山洞是誰堵塞的，和什麼時候堵塞的，我們不知道，但村人說，他們曾經聽老年人講過，山洞的那一端，便是山的那一邊，如能將山洞挖通，可縮短兩天的路程，對追擊我們的敵人，就可徹底的擺脫了，這是退卻部隊最希望的一點。於是，大家馬上工作，天色入夜後不久，挖洞的先頭弟兄們便發出驚奇的叫聲，原來，山洞已通，在洞口那邊展開的是另一個連峰插雲的天地，我們向村人謝了，魚貫的，悄悄的繼續向西逃去。

然而，我們這一千多人的殘軍和老弱婦孺，雖擺脫了追兵，卻仍不能平安前進，沿途土共們不斷的向我們襲擊，他們地勢熟爛，使我們有一種神出鬼沒的恐懼。我們那時候的目的地是江城，江城緊靠著寮越國境，擁有車里佛海廣大的腹地，可以建立一個易守難攻的基地，但是，誰也料不到，共軍正以急行軍的速度由河口，順著中越、中寮邊界，越過萬山千水，向江城和車里迂迴猛進。而佔領了昆明的共軍，也馬不停蹄的繼續南下，直趨佛海，像一個螃蟹的雙螯似的，把我們裹向牠的巨口，以致我們後來雖然狼狽的到了江城，仍不能駐足。

就在捷克，早期附近，一個叫做炭山的，比捷克還要小的村子裡，我們第一次遭到土共無情的埋伏，當我們踏進村子的時候，那不到四十戶人家的大門，個個緊閉，街上沒有一點聲音。李國輝將軍急命撤出，槍聲已響起來了，村子裡，山巒上，槍聲和呼喊投降聲此起彼落，幸虧我們是百戰之師，而且武器也比他們土共要精良得多，兩個小時後，一個手持白旗的村人出現了，他帶給李國輝將軍一封信——

「親愛的部隊長，第二十六軍已全部投降了，你們如不投降，只有死在人民的槍下。」

下面署名，「人民解放軍聯合作戰部」。

我想，任何人都會知道那次招降的結果是什麼，但李國輝將軍並沒有殺掉來使，也沒有像廉價小說上所形容的那種武夫式的拍案怒罵，而只讓他等一會。一會之後，一個副官和他接頭，告訴他我們已答應了向朱家壁縱隊投降的，他允許今晚接我們一塊去江城，如果今天晚上他失約不來，就向他們聯合作戰部隊投降。為了證實我們的誠意，副官還拿出朱家壁的親筆信讓村人看，一個鄉下老百姓知道什麼呢，沒有槍斃他已使他感激不盡，他早已什麼都看不清了。

村人剛剛走出防線，李國輝將軍下令給隨軍的眷屬和文職人員，馬上做一千個紅星帽徽——女人們和孩子們的紅衣服、紅襪子、紅鞋、弟兄們的被血染污的繃帶，統統給她們，剪成紅星，發給大家，貼到或縫到帽子前邊。

「我們從現在起，是人民解放軍了，」李國輝將軍集合中級以上的官長宣佈，「今天晚上，大家突圍，問到口令，讓外省弟兄回答，告訴他們我們是朱司令獨立第三支隊，據我們所知，朱家壁正在這一帶盤據，我們一定要很快的趕到江城，不然的話，終於要消滅在他們手裡。」

這一天，晚上雖然沒有霧，但也沒有月，大軍在山谷中行進，手電筒不斷的像蛇一樣的從草叢裡，從山峰上射過來，在伙伴們的帽子上晃了晃，都縮回去熄滅了，偶爾有詢問的聲音，也被外省口音的弟兄們罵了回去。

「媽拉八子，」往往是這樣的，「同志，你不嫌煩嗎？你說怎麼的，我們得馬上到江城和陳司令會師，好，好，謝謝，謝謝。」

這是我們第二次的擺脫敵人，可是，像元江鐵橋使我們絕望一樣，江城竟然是第二個元江鐵橋。當我們孤軍咬牙疾馳，母親們用手掩住孩子們的嘴，提心吊膽的走到距江城只幾里路的地方，我們碰到了真正的朱家壁縱隊，而且偏偏碰到的是我們所冒充的那個獨立第三支隊。

就在那裡，經過四個小時的戰鬥，江城既已陷落，把江城作為根據地的計劃又化泡影，孤軍只好且戰且往西再行撤退，我們希望能以車里、佛海、南僑作為據點，建立基地。在這四小時裡，我們是後退無路的哀兵，加上因不斷遇到阻撓而激出的憤怒心情，我們環山猛攻，終於打開一條血路，朱家壁縱隊的共軍退下去，我們只死了一個弟兄和傷了一個弟兄。等到翻山前進，我們才發現共軍遺下的屍首竟達二百餘具，這是上蒼保佑我們迅速的擊潰敵人，否則的話，只要再過一個鐘頭，據後來得到的情報說，從江城開出的敵人更可以加入夾擊，我們便死無葬身之地了。

一三

在這裡，我要提一下田樂天團長，聽說他現在也在台灣。這件事無關我們作戰的大局，但卻可以看出板蕩識忠臣的道理，當一個人發現用效忠的表情可以獲得很多利益，誰不表示效忠呢？但是，當他發現繼續效忠便有危險，那就要考驗他一向是不是真心的了，田樂天團長部下的一個營長，在大家窮途末路的時候變了節，使我們的力量分散，據田團長告訴我，這個營長平常表現的一切都很如人意，是的，和我們的孫錦賢師長一樣，和任何一個叛徒一樣，他們平常都是處處如人意，才獲得升遷，才獲得叛變的資本的。

我們和田樂天團長的一團一千多人，在雞街會合，他是二十六軍一六一師四八二團，大軍潰敗後，他逃過元江，聚合了他的殘部，迤邐著也向西撤退。但和孤軍相遇後最初幾天，卻並不融洽，在風聲鶴唳的殘敗之餘，孤軍疑心他們會叛變，他們也疑心孤軍會叛變。田樂天團長從不到我們團部來，李國輝也從不到他們團部去，無論行軍或宿營，雙方都嚴密戒備，而且，因為互不信任的關係，氣氛越來越形緊張，連衛兵之間的談話都帶著會使對方跳起來的「刺」，田團的人認為如果不是第八軍的師長先投降，如果不是第八軍指揮錯誤，他們早飛到台灣了。孤軍的弟兄們便猛烈回敬，如果二十六軍不從芷村潰退，我們現在還在蒙自。這種抱怨聲逐漸化為憤怒的咆哮，而且更增加雙方的猜忌，到了後來，兩個團長更避不見面，大家都深深的感到不安，我似乎已經聞到了雙方火併的火藥氣味。

幸而，共軍的三十九師救了我們，使我們將暴戾化為祥和。就在距江城附近的一個叫直米的村子，共軍和我們發生遭遇戰，那一戰是我們到車里前最後一戰了，只幾小時共軍便留下大批武器和屍首向北方叢山中退去，而在這一戰中，七〇九團和四二八團，互相發現誰都沒有叛變，這才不禁破涕為笑。

事情就發生在這場遭遇戰之後，當李國輝將軍和田樂天團長商議決定，輪流指揮，繼續向西前進的時候，田團的一個營長，忽然帶著他的那一個營向相反的方向東進，那是折返元江，甚至是折返昆明的路徑。這個打擊幾乎使田樂天團長昏迷，他想不到他最得力的部下竟在他最艱苦的時候叛他而去。

「我要找他算賬！」他悲憤的喊。

田樂天團長就這樣的回師追擊，那個營長叫什麼名字，我已記不清了，但那是可以查出來的，戰史俱在，誰也逃避不開歷史的審判。我們在直米等了田團長一天，他再也沒有回來，事後聽說那一營遁入越南，他尾追不捨，也進入越境，送到富國島去了。我一直到今天都懷念田樂天團長，不知道他在台灣做些什麼？是也在養雞，或是也在做小本生意？假如那時候他能和我們並肩進入緬甸，我們的武力增加了一倍，那現在又是什麼局面？

一四

好容易到了車里，那裡尚是一個世外桃源，也沒有土共。抗戰時候，從國軍九十三師退役下來的兩百多位在鄉軍人，由他們的代表葉文強和當地宣慰司刁棟材給我們親切的歡迎，眷屬們統統安置進民宅。我急急的找到政芬，在一個中產階級家庭的臥房裡，她和兩個孩子已經沉沉入睡，房子裡燃著細細爐火，溫暖如春，我坐在那裡，聽著窗外弟兄們在高度興奮下的帶著愉快的喘息，和其他眷屬們的鼾聲，精神上的驚恐，加身體上的疲勞，她們是太疲倦了。我輕輕走到身旁，看看他們那枯黃的小臉，他們承受不了不是他們這種年齡所能承受得住的痛苦。我又退回到爐邊，我知道，距我們最近的共軍也在二百里以外，他們不會貿然進犯的，李國輝將軍已決定長期計劃，將車里作為根據地，只要十天左右的時間，我們便可以把民眾組織起來，現在，弟兄們正把我們沿途虜獲的武器分發給以葉文強為首的在鄉軍人，我想，等政芬和孩子們醒了後，先行洗澡，我們已很久很久不知道熱水澡是什麼了。我想起以往很多事情，沂蒙山區的會戰，徐蚌的會戰，一幕一幕的在眼前浮起。車里安頓下來後，我又將做些什麼呢？於是，就在那細細的爐火旁邊，我也睡著了，那是自從蒙自潰退之後第一次安眠，我分明的記得。在夢中，韋倫向我莊嚴的望著，似乎在責備我參加昆明肅奸會議時的模稜兩可的態度。

等我醒來，天已漸黑，感謝主人的厚意，我面前的爐火一直沒有熄滅，在閃閃的燈光和跳動著的火焰裡，我那苦澀的眼睛看到政芬掛著淚珠的面孔。

「你醒了嗎？」她悲切的說。

「是的，妳一定很難過，腳上的泡，等一會熱水燙一下，用頭髮穿過，明天便會痊癒的。

「不是這個，你摸一下安岱！」

我把前額按到安岱頭上，她的熱度使我震驚，連小手也像滾了似的發燙，我第一個想到的便是醫生，醫生，醫生！在那窮鄉僻壤，異地絕域，我瘋狂的奔出去找到我的居停主人，剛要開口說我的孩子，而我被副官拉住。

原來，共軍三千人正猛烈圍攻佛海，守佛海的兩個營已不能支，李國輝將軍下令全軍備戰增援，眷屬向南撤退。我們澡也沒有洗，政芬搖醒安國，痛哭失聲的抱起安岱，我用手捶擊著胸脯，踉蹌的向團部跑去。

在團部裡，我看到所有的官長們一個個愁容滿面，援軍已派出去了，但大家仍拂不去前途茫茫的陰影，即令可以守住佛海，又將如何，共軍會越來越多，而我們只不過是一支喘息未定的敗兵，而共軍可能捨佛海而圍車里，江城的共軍也隨時可能趕到，一燈如豆，大家相對唏噓。可是，誰也料不到當我們的援軍剛出城十里的時候，佛海守軍已經潰敗下來，我的任務是負擔城防，情勢既然急變，還談什麼呢。

共軍這時正乘戰勝餘威，從佛海向車里猛撲，我們必須再度迅速脫離敵人，否則只有被困餓而死，幸虧眷屬已經先走，我們乃和葉文強的二百多個伙伴並肩撤退。在撤退時，我看到比我們更徬徨無依的居停主人的那副迷惘面龐，一家人佇立在院子裡，為我們的前途也為他們自己的將來愁，他們太需要保護了，但孤軍卻不得不離他們而去。時間悠久，我已忘記那一家姓什麼，但我還依稀記得他們的房子，老人把一塊上面用朱砂畫著紅佛的黃緞子，縫在我襯衫袖口上。

「它可以助你脫離危險，」老人說，「我家老婆給你太太也縫上了，可惜她走的太急，來不及為孩子們縫，但已交了她兩塊，告訴她洗手焚香後給孩子縫上，我們世代信佛，這道符救過幾代人的急難，你要愛護它，等天下太平之後，要在露天焚毀。」

這道符，我還帶著，但到了後來等我追問政芬這件事時，她已把它弄丟了，假如她不弄丟，我的兩個孩子可能不會死在異域。我向老人一再招手，和他的家人告別，走到門口，我再度回首，看見大廳上燭光和香火正閃著紅光。

在葉文強和刁棟材的嚮導下，孤軍向車里以南蠻宋撤退，蠻宋是一個較大的村落，距緬甸國境已經很近了。我們離開車里時，已是黃昏，孤軍在滿天星斗下，順著不知名的山徑，繞著不知名的亂山，像一群被野狼追逐的羔羊，我們低頭疾走，那不是走，而是跑。天亮之後，大家都以為可以休息一下，卻仍不能停留，飢了的只有抓著口袋裡的飯糰充飢，渴了的只有俯到水澗上狂飲，有很多弟兄俯下去便再也爬不起來，也有很多弟兄臥倒在地上呻吟不止，他們被別的伙伴們夾著，或是用槍托把他們打起來。而最可憐的卻是那些眷屬了，我們在半途追到她們後，我抱著安國，夾著政芬，她一路啜泣著要坐下歇一歇。

「不可以。」我嚴厲的說。

「讓我死在這裡吧！」她哭道。

我向她怒罵，向她詛咒，最後又向她哀求，只有行過軍的人才知道，假使不休息，總是可以一直走下去的，一旦坐下，便會癱下去，我們便完了。政芬幾乎是被我一直拖著走的，她那雙滿是泥灰的破爛布鞋，往外滲著鮮血，使我回憶到我們在重慶七星崗勝利大廈結婚時的盛大典禮，她在她同系同學簇擁下，像百花湧出一朵初開的牡丹，我覺得天地都在旋轉，我哭了。

「不要難過，」政芬反而安慰我，「我一定要支持，我會支持的，你放心。」

我更哭了，我還哭我的女兒安岱，她像小蟲一樣的蜷臥在母親懷抱裡，無醫無藥，我無語問天，為什麼把大人的罪愆寫在孩子們的名下。

這次急行軍是我從軍以來最猛烈的一次，蠻宋距車里二百四十公里，在太陽剛剛落山的時候，我們已經到達。這真是一個淒涼的局面，每個人都飢疲不堪，但是，我們卻不能有片刻的休息，李國輝將軍立刻派遣第二營護送眷屬，繼續向蠻生前進，並在蠻生建立據點，作為犄角，而留在蠻宋的兩個營，除派遣一連下山游擊外，其他的人一齊動手，構築防禦工事。

然而，孤軍以蠻宋為根據地的計劃，又化為泡影。在工事剛剛初步完成，大家正要好好的睡一覺的時候，叛軍盧漢的保安團第十團，和共軍正規軍第三十九師的一一七團，還有車里、佛海一帶的士兵，約五千多人，啣尾追至，向我們攻擊。

一五

蠻宋一戰，是我們在我們的國土上最後一戰。大家悲憤和絕望交集，一千左右的孤軍，據險困守，和五千以上的追兵鏖戰了三天三夜，這三天三夜中，我們的防線逐漸縮短，那也就是說，我們的據點逐漸陷落，而且在第三天的那一天，共軍的重武器抵達，我們開始遭到山砲的轟擊，士氣低落，負傷的弟兄們躺在濕濘的泥地上呻吟呼號；前方雖然不斷擊退共軍的猛撲，但大家心裡卻比以往任何時候都要沉重。尤其是共軍的心戰人員，他們抓住了我們的弱點，孤軍絕域，彈盡援絕，日夜用喇叭向我們呼喚，保證只要放下武器，就可安全還鄉。他們用人間親切誠懇的聲調說——

「你的父母妻子，在家盼你歸來！你為什麼要死在萬里外的荒山上？投降吧，舉起白旗吧，把帽徽撕掉吧，走出工事來，我們會好好招待你的。」

接著便是女孩子們的歌聲，她們會唱著各地的鄉歌，尤其是河南小調。更可恥的是，他們把孫錦賢師長的部下，也是我們過去的同僚，弄來向我們講話，告訴我們他們所受的優待，和「起義」後所得的好處。那些人，我認識他們，我想我還是不說出他們的名字，一落入虎口，還有什麼自由？他們可能被逼出此。但是，我卻開始第一次的聽到弟兄們那種帶著懊恨感情的啜泣聲，我知道軍心開始動搖，危險越來越嚴重，但我們無法回擊，因為我們沒有喇叭，而弟兄們偶爾回罵兩句，也只是一些粗野的和憤怒的吼叫，無法使對方心服。李國輝將軍也注意到這個局勢，他唯一的辦法是日夜巡視碉堡，和弟兄們生活在一起。

這時候，李國輝將軍和我忽然發覺，我們是非再向後撤退，退出國土，進入緬境不可了。冥冥中的主將我們先是固守元江的計劃，後是江城的集結的計劃，再後是以車里為根據地的計劃，更後是以蠻宋為根據地的計劃，全部打得粉碎，無限江山，卻把我們這一群孤臣孽子，逼得無立足之地，經過一番一番計議，我們如此決定，至於退入緬甸後怎麼辦？沒有人知道，包括李國輝將軍在內，誰也料不到竟有那麼一天，我們這個不到一千人的殘兵敗將，會變成兩萬多人的精銳軍團，控制了比台灣還大兩倍以上的土地，兩度擊敗緬甸國防軍，一度重回故土，在某種意義上，我們在窮途末路的時候，已種下復興的種子。

可是，我們當時感到的卻只是窮途末路，現在，我們對中緬邊區的每一角落都滾瓜爛熟，那裡有一條河，那裡有一個大蟻塚，也都如數家珍。但當我們第一次在腦海中閃出「退入緬甸」的念頭時，眼前展開的卻只是一幅窮山惡水，和《三國演義》上描述諸葛亮南征孟獲時那種不毛景色，我又想到王陽明的〈瘞旅文〉，我們真是要像一片枯葉一樣，竄身蠻荒，埋骨異域了。

第二章

四小時掩護下退向緬甸

就在我們決定撤退的時候，共軍的砲火忽然停止，不久，弟兄們帶來一個手執著白旗的村民。對於這種事，已是第二次，我們太熟悉了。共產黨永遠沒有想到，兩次招降的結果，都是兩次救了我們。

招降信是這樣寫的——

「親愛的李團長：你已經逃到國土最後一個小村寨，不要再頑固了，砲火終於要把你們殺光的，而人民解放軍有好生之德，而且向持寬大政策，既往不究，停火四小時，以待答覆。司令員劉民志。」

我們告訴那村民，由那村民轉告的答覆是：一定投降，但得先開會向大家宣佈。村民走後，我們果然召開了軍事會議，但並不是宣佈投降，而是宣佈撤入緬甸的決策。接著，迅速的，後衛先退，孤軍在四小時的掩護下，像一匹狂奔的野馬一樣，向蠻生進發，我們不知道共軍在四小時期滿，發現敵人已不知去向時，他們有什麼感想，不過，急行軍的結果，四小時後，我們已到達蠻生。

一

剛剛安定了三天的眷屬們，聽到還要撤退的消息，比聽到她們的孩子慘遭謀殺還要使她們瘋狂，撤退！撤退！她們實在是再走不動了。我找到政芬，她正靠著床頭坐著，懷裡抱著安岱，兩隻閉著的眼睛流淚不止，我粗魯的跑到她跟前，她聽出是我，沒有睜開眼，只咽噎的說——

「你看看安岱！」

我不敢向安岱的頭上伸手，我怕我會撞死到牆上，一切痛苦都讓政芬一個人負擔吧！我大聲的告訴她立刻就走，先頭部隊已經出發，如果再不走，便只有落在後面，不落入共軍之手，也會被野獸撕裂。這時，安國一拐一拐跑了來，過分的跋涉使他左腿酸痛的不能站穩，但是孩子並不在意，他什麼都不懂，他懂得的只是又要「逃」了，他只希望在「逃」的時候，爸爸能抱著他，他的年齡不允許他了解做爸爸的也疲憊不支。

「兒子走不動，」他撲到我身上，說道，「要爸爸抱！」

我用我那覺得要斷了似的胳膊抱起他，政芬掙扎著爬下床來，我看她兩腳上密密的纏著布條，每走一步，都發出一聲呻吟。然而，我們不能再多停一分鐘了，像有一根鞭子在背上抽著，我們雜在孤軍的行列裡，向國境奔去。

中緬邊界，是以漫路河作界線，河塹上的獨木舟把大部伙伴們渡了過去，等到我和政芬到時，差不多已是最後一批人了，我們過河後往前走約三四華里模樣，後面火光沖天，後衛部隊將所有的獨木舟全付之一炬。當初劉邦進入四川，焚去棧道，大概也是這種情形吧。從此，我們踏的是外國的土地，接觸的是外國人民，劉邦不過幾年功夫，便兵出陳倉，進入中原，而我們何時才能重回故鄉？

後來，我聽到後衛人員說——

「當我們要焚毀那些獨木舟的時候，土人說什麼都不肯，他們哭號著向我們懇求，但我們還是焚毀了，我們不能留著讓共產黨利用，他們會馬上追過來的。」

我曾經和李國輝將軍談過，一旦等我們國土重光，一定要加倍的賠償當地土人的損失。可是，十一個年頭過去，李國輝將軍賦閒居台，而我又不知何時戰死，恐怕是沒有人肯為我們了這樁心願！

孤軍到三島的時候，是第二天晚上。「三島」，不是三個島，而是叢山中的一個平原，在那個四面都是怒峰插天的盆地上，住著白夷四五千人，他們男的梳著小辮子，女的臉上刺著花紋，很熱烈的歡迎我們，並且迫不及待的告訴說，昨天有一支約摸有五六百人的中國軍隊，剛從他們這裡通過。

「帽上有紅星嗎？」我問。

「沒有留意，但他們留下一部分傷兵在這裡。」

孤軍立刻進入戒備，眷屬們統統伏在山腳下岩石的縫隙中，弟兄們在白夷人的引導下，分別去察看那些傷兵的番號，一時氣氛又趨緊張，幸虧，馬上就發現不過是一場虛驚，傷兵們原來是二十六軍的弟兄。

在那些負了傷的弟兄們口中，他們垂著淚珠，告訴我們一段比我們還要淒慘的撤退故事。他們是二十六軍九十三師和二七八團的弟兄，在元江大軍潰敗後，他們突圍的突圍，潛逃的潛逃，向滇西盲目的摸索。一路上，大家稍稍的集合起來，可是，等到發現大局已不可收拾的時候，和他們同時逃出來的高級將領，包括他們的師長、副師長、團長、統統的走了，像一個父親在苦難時拋棄了他的親生兒女一樣，他們拋棄了那些為他們流血效命的部下，輕騎走了。

「他們走到那裡去了呢？」

「到台灣去了，」傷兵們衰弱的答，「他們是不愁沒有官做的。」

「那麼，誰在率領你們。」

「副團長，譚團長，譚忠副團長。」

「他不逃，他是個傻子！」我悲痛的說。

「譚副團長打算把你們帶到那裡去的呢？」李國輝將軍問。

「帶到泰國，可能可以找駐泰大使館。」

這是我們和譚忠合作的伏筆，第二天一早，李國輝將軍便下令急行軍向緬甸更形深入，追趕譚忠。

二

我們追趕譚忠，是為了想說服他不要進入泰國，而和孤軍合作，留下來整訓，準備重返國土，孤軍原來也不過一千多人，沿途傷亡落伍，現在已不足一千人了，我們希望我們的反共武力能夠增加一倍。

為了這個重大的決定——有人提議，我們假使追不上譚忠，便不如也索性進入泰國，也回台灣去吧，假使要留下來繼續和共軍作戰，那便有邀請譚忠副團長那五六百位訓練有素的戰士參加我們行列的絕對必要。在三島住宿的那一天晚上，大家各有意見，一部分人是堅決主張依樣葫蘆，進入泰國轉向台灣的。

他們的意見是——

「我們在這兒蠻荒的異域，只有困死！」

「走吧，回到台灣，只要有人事關係，絕對可以升官發財，我們留在這裡，敗則陳屍溝壑，與草木同朽，勝則又有什麼好結果？我們的慘痛教訓太多了。」

但是，大家仍決定留下來，我們不是替別人反共，而是為我們自己反共，一片血海深仇，和人性上對專制魔王的傳統反抗，使我們不和任何人鬥氣。何況人生自古誰無死？戰死沙場，固然淒苦，而一定要回到台灣，老死窗牖，又有什麼光榮？只不過多一個治喪委員會罷了，我們不怕別人踏在我們的屍骸上喝他的香檳酒，只要不嫌我們，不再拋棄我們，便心滿意足了。然而，事實又是如何呢？「昔日戲言身後事，而今都到眼前來」，我們現在是什麼處境？我們急需要的是彈藥、醫藥、圖書，可是，我們得到的卻只有冷漠，和一些不能解決問題的會議。這不是我們後悔，我們從不後悔，我們每一滴血都為我們的國家滴下，假使有什麼感觸的話，我們只是憤怒和憂鬱。

第二天，一早便離開三島，三島的白夷對孤軍的親切，使我們沒齒不忘。假使他們用堅壁清野的方法對付我們，或是向我們保證前途是陽關大道，我們會餓死在那裡，或餓死在中途的；而他們對我們太好了，我們每位弟兄身上都背滿了飯糰和泉水，在晨光曦微中向泰國邊境急急進發。

在三島和小猛捧之間，有一片直徑約數百華里，和台灣島面積幾乎一樣大小的原始森林，在那不見天日，虎吼與狼嘯震耳欲聾，落葉及膝的叢山巨林之中，我們懷著恐怖的心情，整整走了十二天。很多沒有死在共軍手裡的伙伴們，在森林中倒下去，解開衣服，我們毛骨悚然的發現，螞蝗竟像樹葉懸在樹幹上一樣，懸在他們枯瘦的身軀上，他的血已被吸吮盡了。

第一天我們便被這種現象懾住，中午休息的時候，我解開政芬的褲角，便有一條比煙斗還大的螞蝗，頭部已整個鑽進肉裡去了，她發出令人發抖的哭叫。在嚮導的指示下，我們用鞋底吃力的敲打著牠，牠才鬆掉口，而牠那本來是青黑色的帶著黏液的蠕動著的身體，已變成一團鮮紅了。我們不知道牠是從那裡來的，也不知道牠什麼時候咬住我們的肌肉，牠悄悄的在吸我們的血，一直把我們吸死。

然而，我們的苦難，還不僅僅是螞蝗，瘴氣和毒蚊才是更可怕的災害，我們對熱帶林根本沒有知識，唯一的知識來自《三國演義》。我並不相信瘴氣，在我的腦筋中，瘴氣不過是神話，可是，我們卻親身經歷到了，像濃霧那樣沉重的茫茫雲煙，無邊無涯的擋住去路，孤軍必須等到中午時分雲煙散去，才能通過。在最初，我曾貿然走進去試探，那雲煙帶著一種腐臭的味道，一吸進鼻孔，便立刻感覺到有人在頭上用利斧猛劈下來，而且胃裡似乎有一個什麼東西在劇烈的攪動，忍不住大口的向外嘔吐。

瘴氣延誤了我們的行程，而毒蚊卻使我們衰弱，卻使我們慢性的死。啊，世界上恐怕只有我們弟兄，患著十一年都不痊癒的瘧疾，而且還不知道要害到那一天，誰比我們更需要瘧疾特效藥？——不是「奎寧」，奎寧對我們這些渾身都是瘧菌的人沒有用，我們需要的是更猛烈的藥，你如果到中緬邊區，你會發現我們的崗哨衛兵，都是兩人一組，當一個人瘧疾突然爆發時，另一個人可以繼續執行任務；而你也會常常的看到，一個弟兄突然的倒到地下，呻吟，發抖，流淚，但你不要動他，等到瘧疾一陣過去，他會自己爬起來，繼續走路，繼續作戰。這些事情，最初曾使我自傷其類的掉過眼淚，可是，當我也被毒蚊叮過之後，便沒有多的眼淚為別人哭了。祖國，啊，祖國，我們親愛的祖國，你在那裡！

然而，我們的苦難如果僅是螞蝗、瘴氣和毒蚊，我們就非常幸福了。在我們深入森林的第四天，便開始聽到低沉的虎嘯，而越是深入，虎嘯聲和其他不知名的野獸吼叫聲也越逼越近，我們是單行進軍的，嚮導告訴我們，牠可能從那密不見人的樹叢中穿出，抓一個人再跳入另一邊樹叢裡去。

三

就在第五天的黃昏，一個傳令兵被虎攫去，比一個貓抓老鼠還要輕盈，牠悄悄的從我們行列上躍過，大家一陣驚呼之後，牠已杳無影蹤了。那位名叫俞士淳的傳令兵，隨我們退到緬甸時，才是一個十八歲的孩子，在我們參加徐蚌會戰，途經山東曲阜他的村子時，才投入我們的陣營，一個典型的鄉下孩子，老實，溫順，倔強而負責任。那一天我只是差他到後隊報告李國輝將軍，我們前面就是卡瓦族的部落，敵友不明，請他下令全軍戒備，那孩子用他那用不完精力的雙腿，飛也似的向後跑去，山徑上通不過的時候，他就鑽到兩側矮林中和草叢中，撥開它們，繼續前進，想不到，他竟會喪生虎口。在那隻老虎躍過，大家驚魂不定了一陣之後，突然有一個弟兄帶著不敢自信的語調詫異說——

「我恍惚看見牠抓著一個人！」

「一個人，對了，」有人附和，「兩條腿還在亂踢著！」

大家才從半呆了情況下甦醒，檢查人數，才發現士淳不見了，我們立刻到老虎逸去的那個方向搜索，已什麼都沒有見著。士淳，我永遠記得他從軍的時候，他姊姊送他到我們營房裡來的情形，他的父母早死，姊姊痛哭著牽著她的弱弟，蒸了很多饅頭塞給他，但她卻沒有給他錢，她沒有錢，他們是一對孤苦的姊弟，士淳常常對我說，他要化裝回去，把他姊姊接出來。現在上蒼又為人間勾卻了一樁公案，因為我們始終沒有找到他的屍首的緣故，我但願他還活著，不是有很多的傳奇小說上說過，忠臣義士頭上都有三尺白光，老虎會退避的嗎？他可能已經真的化裝回山東去了，也或許明天早上，他領著他姊姊，會站在我的面前。

虎患和毒蚊一樣，一經開始，便沒有終結，傳令人員和哨兵，是老虎最好的目標，瘧疾是那一位弟兄開始患上的，已記不清楚，而士淳卻是第一個遭到虎襲。以後不斷的發生這類事情，我想還是不要談的太多了，不管是如何死法，死總是歸宿，他安息了。

我們入緬後的第一戰，發生在卡瓦族的村子上，卡瓦族是一個好戰而又善戰的民族，但也是一個富有同情心和正義感的民族。我們後來才知道，我們貿然通過，而沒有先派人送上香煙和布疋，使他們發怒——其實，我們那裡有香煙和布疋呢？

雙方在第六天中午接觸，卡瓦族在他們村落面前一帶的懸崖上埋伏下射手，一個弟兄在毫無預告的第一槍聲下，連聲音都沒有喊出來，便栽下深谷，伙伴們憤怒的還擊。這槍聲使隨軍的眷屬們再度混亂，她們緊蹲在林木的背後，一種前所未有的恐懼像巨爪一樣抓住她們，政芬也在發抖，連安國，也和他那一群年齡相若的小兄弟們，伏在亂石裡，用小手抱著頭，一動也不動。

她們恐懼的是，在國內作戰時，如果戰敗，大家還都是中國人，她們可以雜在人群中，保全孩子的性命，而現在是在外國，如果戰敗的話，她們腦筋浮出的慘絕人寰的情景是：一群手執長矛鐵盾，赤腳大耳的土人，對她們姦淫殺戮。這種想法一直在我們的眷屬們腦海裡徘徊不去，以後，每一次緬軍進攻，都使她們受一次驚嚇，幸而老天看顧我們，使我們能不被消滅，而我也真不敢想像真的潰散的一天時，我們被殺是沒有怨言的，誰叫我們戰敗？誰又叫我們不往台灣逃命？可是，婦女何辜？啊，我想的真是太多了。

雙方僵持約兩個小時，我們不得不使出唯一的重武器——迫擊砲，這才使戰況急轉。

四

我們後來還是和卡瓦族歸於和解，而且把他們從敵人的地位翻轉過來，成為我們堅強的盟友。從印度西康邊界雅魯藏布江，直到我們通過的那個原始森林，卡瓦山脈連綿千里，成為我們游擊基地的天然屏障，這歸功於我們參謀人員的策劃，大家可能是受諸葛亮七擒孟獲和普奧之戰普軍屯兵維也納城下的影響太大了。當我們的弟兄擊潰了一些卡瓦族的抵抗，佔領了他們的村子時，全村婦女和一小部分戰士未能來得及逃走，但我們沒有殺一人，也沒有對一人嚴詞厲色，我們士兵成雙的逐戶搜索——一個人執槍戒備，一個人手執白旗；另外，我們雖言語不通，但人類間的喜怒哀樂表情是相同的，我們發動那些仍然在膽戰心驚的眷屬們去和卡瓦族的婦女接近，送他們些針線，和從孩子們身上臨時脫下來的毛衣等等。當然，有些受盡了委屈和受了傷的弟兄們，咆哮著要膺懲他們，但我們還是堅持這樣做，歷史永遠證明一件事，恢宏的胸襟和寬大的氣度，才可以成大功，建大業，我們那時假使只求快意，不過只是多殺幾個沒有抵抗力的婦女和孩子罷了，而我們的寬厚和求和的誠心，使他們感動。當我代表孤軍，被一個卡瓦人領到山後一座類似前哨的營寨裡時，一個名叫倫努的老人接待我，拿出很多的飯糰在我面前，那時候我的瘧疾剛剛過去，渾身虛弱，但我仍不斷的朝他笑——我只有用笑來表達我們孤軍的友誼，這種言語不通的困難，一直等我們到了小猛捧，和馬幫華僑會合後，由他們充當翻譯，以後信使不斷，才告解決。

倫努村長派了嚮導給我們帶路，我們在他們全村人的營火歡呼聲中，繼續向南進軍，可是，我們的苦難並沒有結束，一個更大、更無法抗拒的災害加到我們這一群孤臣孽子的人身上，那就是，我們趕上了第二次世界大戰時聞名全世界的緬甸雨季。在離開卡瓦以後，下午一時左右，天空中忽然一聲雷鳴，太陽立刻暗淡而迅速的被不知道從那裡來的那些濃雲吞下去，一陣颯颯的巨響，天空破了洞口似的，像大水一樣的大雨迎頭澆下，一個小時後，天開一線，濃雲澎湃退去——和它來時那麼突然，我們不知道它退到何處，只知道一霎時又是陽光普照，而我們卻像剛從海裡被撈出來一樣，地上的積水把落葉都漂浮了起來，腳下泥濘不堪，每天一次的陣雨使我們的部隊受到比瘧疾更嚴重的打擊，誰能不斷忍受那渾身濕淋淋的褥熱！而我們卻要用我們的體溫，把尚是棉製的軍服暖乾，我不知道身在台灣的袍澤和我們的長官們，可曾思及我們的弟兄，他們的部下，在含著眼淚，一步一滑，一步一跤，眼中佈著紅絲，身上發著高燒，卻始終不肯放下武器！

十二天後，我們終於走出森林，這一支每一個人都鬍子滿面的孤軍，抵達小猛捧的那一天，是民國三十九年四月二十一日，距元江軍潰，已整整三個月之久。當我坐在小猛捧郊外，等候嚮導和交涉員進村察看情形時，我靠著一顆老松坐著，回憶一路上種種遭遇，恍惚一場夢寐，望著眼前一片花香鳥語的平野，我想到我的故鄉，不願生回酒泉郡，此生但盼有那麼一天再看一下我的故鄉，吻一下我的故鄉的泥土，我便心滿意足了。我幻想著小猛捧就是我家的村子，我一手牽著安國，一手抱著安岱，一步一步的走向我那一別十五年的家門。

「你又哭什麼？」在我身旁的政芬悲切的搖我。

我這才驚醒，我想世界上沒有比我們流過更多眼淚的戰士了，但是，一切絕望和愁苦，經過一番洗滌，我們還是我們，我們有的是無窮的哀傷，但我們沒有動搖，我們的心在淚水中凝固了。

就在我睜開眼的時候，我們的交涉員像中了風一樣的口吐著白沫跑回來，向李國輝將軍報告：

「我們追上了，我們追上了！」

上天有眼，我們果然追上了，果然追上了譚忠副團長和他的部屬，他們就駐在小猛捧，預定明天便通過大其力進入泰國，假定我們遲到一步，他們便走了。而現在，雙方面的弟兄會合在一起，經過一番商討，他們接受留下來的決定。

接著，我們改組為復興部隊，由李國輝和譚忠二位將軍分別擔任總指揮和副總指揮，以小猛捧為司令部所在地，開始我們入緬後生活的一個新頁。

第三章

中緬第一次大戰

一

我們在緬甸的國土上，成立中國軍事司令部，自問多少有點說不過去，但是卻至少有三點理由，可以使我們稍感安慰。第一、我們是一支潰敗後的孤軍，在人道和友情立場上，我們有權向我們的兄弟之邦要求暫避風雨。第二、小猛捧一帶本是一個三不管的地帶，緬甸最前線的官員只駐到大其力，再往東便是土司、部落和華僑的力量了。第三、迄今為止，那裡還是一個三不管的地方。共產黨所以在去年匆匆的，喪權辱國的和緬甸「劃界訂約」，就是企圖明確的顯示出來我們侵佔了緬甸的國土，作為消滅我們和控告我們的法律根據，其實，那裡萬山重疊，森林蔽日，邊界很難一時劃清，我們是中華民國的部隊，在中華民國沒有和緬甸劃界前，我們不承認任何人有這種權力。

那時，我們的實力由不足一千人，膨脹為一千五六百人，我不能不特別提出譚忠副團長領導二七八團撤退的情形，和我們在三島時所聽的略有點不同。原來，他們的團長×××是一直和他們一道行動的，可是因為他的妻子很早的時候便飛到台灣的緣故，到了小猛捧之後，他第一件事便是出賣他部下手中的槍械，共產黨用血的代價都沒有奪去兄弟們的武器，他卻輕易的賣給土人了，他把賣得的錢換成金條後，正色的對他的副團長譚忠說——

「我要先到台灣去，部隊歸你指揮，我會請政府派飛機接你們！」

就這樣的，×××悄悄的，毫無牽掛的走了，我不知道他還有什麼面目重見我們弟兄，也不知道他的金條——那是最敬愛他的部下們的血，能用到幾時？但我得特別提到譚忠副團長，在那種只要再往前走二十分鐘，便可進入泰國和×××一樣的享受舒服安全生活的關頭下，他卻願留下來受苦，而且甘願屈居副職，是一個使人低徊仰慕的好男兒，他現在在那裡呢？我不知道，聽說他在台中，又聽說在嘉義。啊，當我們隊伍以淚洗面的時候，沒有人管我們，當我們的隊伍強大起來的時候，卻有人管了，管的結果便是現在的局面，立過血汗功勞的弟兄大批投閒置散，我們還有什麼可以再多說的呢？只有蒼天知道我們在緬邊還有何求？什麼是名？什麼是權？我希望我有一天能再看到譚忠副團長，我們的伙伴中，有三分之一是他的部下。

復興部隊當時的編制是這樣的——

李國輝——復興部隊總指揮兼七〇九團團長
譚忠——復興部隊副總指揮兼二七八團團長
陳龍——特務大隊長
馬守一——搜索大隊長
張偉成——獨立第一支隊支隊長
蒙保業——獨立第二支隊支隊長
石炳麟——獨立第三支隊支隊長

在復興部隊組訓完成的時候，我們已經擴充到將近三千人，這應該歸功於「馬幫」華僑。我想我必須說明一點，這種從前根本沒有聽說過的「馬幫」，是孤軍所以能成長擴大的主要血輪，沒有馬幫，孤軍不但不能發展，恐怕還難立足。

遠在清朝中葉，馬幫便有了，雲南邊境一帶的貧苦農民，為了求生，常常趕著一匹馬或兩匹馬，比孤軍還要艱苦的、成群結隊的穿過叢林，越過山嶺，到寮北和緬北山區裡做點「貨郎」一類的小本生意，他們販賣藥材，販賣英國布疋和化妝品，更販賣違法犯禁的鴉片煙，抗戰時期，他們更販賣槍枝彈藥。我們只要閉上眼睛回想一下美國電影上那些西部拓荒者的面貌，便能構思出馬幫弟兄的輪廓，他們躍馬叢山，雙手放槍，舉酒高歌，充滿了草莽英雄、義氣招秋的悲壯氣氛。雖然他們在山區中成家立業，他們的妻子多半是白夷的女孩子，但他們愛國思家之心，和豪邁慷慨之情，卻依然是百年前遺風。全部馬幫華僑大概有四萬人至五萬人，他們捐給我們醫藥、子彈、馬匹，甚至，以馬守一大隊長為首，他率領了他們那些翻山越嶺如履平地的子弟兵，自帶馬匹槍械，加入我們的隊伍，從此，我們不但在緬邊活下去，而且也生了根。

復興部隊設立在小猛捧一個教堂裡面，我分明的記得，我們在教堂廣場上升起青天白日國旗的那一場面，除了正值勤務的衛兵外，我們全體——包括眷屬和孩子，一齊參加。國旗在軍號聲中，飄揚著，一點一點爬上竿頭，從薩爾溫江上晨霧中反射出的一道陽光，照著旗面，眷屬們都默默的注視著，孩子們也把手舉在他們光光的頭上，我聽到有人在啜泣，接著是全場大哭，國旗啊，看顧我們吧，我們又再度站在你的腳下。

李國輝將軍的大孩子李競成，今年該十二歲了吧，他便是在小猛捧降生的，李夫人唐與鳳女士是政芬最好的朋友，她在懷著八九個月身孕的痛苦情形下，隨著敗軍，越過千山萬水，她是眷屬們的大姊。我說出這一件事，是希望大家知道，在小猛捧的一個月休養時間內，我們是安定的，一個七拼八湊，除了紅藥水，幾乎其他什麼醫藥都沒有的衛生隊，也跟著成立了。

在那時候，我們已和台北聯絡上，我們請求向我們空投，答覆是叫我們自己想辦法，我們只好自己想辦法了。為了不餓死，我們開始在山麓開荒屯田，為了取得槍械彈藥，我們計劃在整訓完成之後，重返雲南，向共軍奪獲。然而，蒼天使我們不能有片刻安定，緬甸政府偵知我們孤軍無援，而且，誠如《托兆碰碑》前哭唱的那一段：「內沒有糧，外沒有草」情形下，他們出動兩倍於我們的國防軍，向我們攻擊，使我們不得不展開緬境中一連串的戰鬥中的第一個戰鬥。我真不知道應該怎麼說法，我們這一群孤兒，剛脫虎口，喘息甫定，便又遇到咻咻狼群，使我們永不能獲得喘息。

二

在和緬軍作戰之前，曾經有過四次先禮後兵的談判，我們不便對兄弟之邦的緬甸說什麼，但由以後所發生的種種事實來看，我們至少可以說他們現在的這個政府，是由一群腦筋混沌，而又帶著原始部落氣習的人統治著。我們始終不了解他們為什麼要消滅我們，我們像一條忠實的狗一樣為他們守住後門，任何人都不能想像，一旦我們不存在，他們有什麼力量阻擋中共的南下——中共用不著傻裡傻氣派兵的，只要把緬共武裝起來就夠了，而世界上卻多得是這種萁豆相煎，怎不使人扼腕！

五月二十日，正是我們進駐小猛捧一個月的最後一天，緬甸國防軍一連人進入一向沒有任何武裝部隊的大其力，並立刻派人持函到小猛捧，要我們派員和他們談判。

我們的首席代表是復興部隊副參謀長，原九十三師參謀主任蒙振生，我也是代表之一，緬甸方面的出席人則是一位不知道叫什麼名字的少校。這個少校應該是中緬兩國的罪人，從他那種傲慢的地頭蛇氣質的態度上，我和蒙代表發現我們好像是前來請降而不是前來談判，他不告訴我們他的名字，也不告訴我們他是不是緬甸政府的代表，我們簡直是和一具暴跳如雷的留聲機講話，他發表了一篇指斥我們「行動荒謬」的言論外，像法官判決一件案子時那麼戲劇化的站起來宣佈說：

「我代表緬甸政府通知你們，限你們十天之內，撤回你們的國土！」

我們一再向他請求延緩撤走的時間，他都聽不進去，最後，蒙代表說：

「如果貴國逼我們太甚，我們只有戰死在這裡。」

「你們只有兩小時的彈藥！」他冷笑說。

原來緬軍已得到我們不但「援絕」，而且也「彈盡」的情報，我們悵然的告辭出來，深知道對一個沒有受過人性教育而又有權勢的人，只有實力才可使他低頭。我們把結果報告李國輝將軍，他知道戰鬥已不可避免了，剛剛安定下來部署，不得不重新變更，第一個是把眷屬送到泰國夜柿。這時候，孤軍的危急處境，為當地華僑、泰國華僑，和馬幫華僑探知。啊，我想，世界上只有這兩種東西是無孔不入的，一種是水銀，一種恐怕就是華僑了，在繁華富強的英美，固然有中國人，在我們所處的蠻荒邊區，也有中國人，而且是更愛國的中國人，小猛捧和大其力雖然是緬甸的城市，但只要到大街上走一趟，任何人都不會懷疑它不是中國鄉鎮。僑領馬守一已率領武裝弟兄組成搜索大隊，而另一位僑領馬鼎臣，他更為他祖國所拋棄的這支孤軍，到處奔走呼籲，於是在泰國華僑協助下，運來了大量我們最渴望獲得的醫藥和子彈。我們永遠感激他，他們幫助我們，除了危險外，沒有其他任何好處，這才是真正的愛國者，可是，真正的愛國者的下場往往是令人嘆息的，那當然都是以後的事了。

第二次談判在五月二十五日，我和蒙副參謀長再度和那位少校接觸，他的態度依舊非常強硬，我們只好支吾其詞。第三次談判在六月一日，那位少校的態度忽然變得和藹起來，他不但臉上有了笑容，而且還為我們拿出兩盃茶和一些糖果，這種突變的態度使我們起了戒備，果然，他開始詢問我們的兵力、武器以及彈藥等等。我想那個可憐的少校一定把中國人看成和他們緬甸軍人一樣的幼稚了，蒙代表當時便用一句話堵死了他的嘴，以致不歡而散。

「少校先生，這是軍事秘密，你是不是也可把貴軍的配備情形告訴我們呢？」

第四次談判在六月三日，大其力縣長通知我們說，緬軍要求我們派出更高級的代表，最好是李國輝將軍親自出席，去景棟和他們的團司令談判，以便徹底解決。當時誰也料不到堂堂緬甸國防軍連草寇都不如，李國輝將軍是不能去的，我們便派了丁作韶先生和馬鼎臣先生前往。

可是，就在丁馬二位先生抵達景棟的當天，緬軍便在景棟檢查戶口，把丁馬二位先生和當地若干華僑領袖們，統統加以逮捕。這種卑鄙的行動燃起了孤軍的激動，有人主張立刻進軍，有人主張異地為客，還是忍耐，於是，六月八日那一天，我們向緬軍提出一個溫和的照會，內容是——

一、請立即釋放和談代表。

二、聲明中緬兩國並非敵人。

三、我們絕無領土野心，唯一的目的是回到自己的國土。

四、請不要再採取敵對行動。

緬甸的答覆是開始向大其力增援——三輛大卡車武器耀眼的國防軍由景棟南馳，我們急迫的再提出第二個照會，緬甸的答覆則是用空軍向我們的防地低飛偵察。

三天之後，就是三十九年六月十六日，緬軍向小猛捧進發，經我們哨兵阻止，他們即行進攻，一場中緬大戰，終於爆發。

三

這一戰從六月十六日，一直打到八月二十三日，孤軍經過三個月的狼狽撤退，以殘兵敗將，迎擊緬甸國防軍，內心的恐懼和沉痛，每一小時都在增加，我們真正是到了進一步則生，退一步則死的地步。

在緬軍向我們哨兵攻擊的同時，他們另一團約兩千人，配備最優良的英式武器，向猛果進攻，直趨原始森林的邊緣，一舉切斷我們的歸路，像鐵剪一樣，兩片利刃，分別由南北兩面，夾向小猛捧。當情報傳來時，我們司令部的人相顧失色，這並不是趕我們回國，而是處心積慮的要消滅我們了，談判不過只是障眼法而已，這對我們的打擊是很大的，尤其是，我們從沒有和緬軍作戰過，不知道他們的戰鬥力如何，但，事已如此，除了勝利，便是戰死，我們已沒有第三條路可走了。

在這兩個月的會戰中，證明了緬甸人是英勇的，緬甸軍隊也同樣的和我們驍勇善戰，我們承認他們是第一流的對手，他們最後歸於失敗，以及以後所有進攻都歸於失敗的原因，在我們說，應該感謝他們軍隊風紀的敗壞。他們沒有不戰勝我們的理由，可是卻硬是失敗了，我們從沒有想到世界上還有比緬甸軍風紀更敗壞的軍隊了，他們對他們本國同胞，比對敵人還慘無人性，蠻無理性，姦淫燒殺四個字每一樣使我們這些外國人都忍不住髮指，緬甸善良的老百姓在他們國防軍的刺刀下貢獻出金銀飾物，緬甸良家婦女在她們國防軍的拳打腳踢下哀號著被剝去衣服——結果是，緬軍像一條駛上了沙漠的獨木舟，而我們這些異國的軍隊，卻在緬甸人的協助嚮導下，反過來截斷他們的退路，一批一批的把他們擊斃和俘虜，一直到八月二十三日，他們承認失敗為止。

和陸上攻勢並進的，他們的空軍也出動轟炸，孤軍不得不撤出小猛捧，退入山區，但這不過是暫時現象。在躲過緬軍的銳氣之後，根據當地人的情報，我們重新反攻，由七〇九團副團長張復生擔任前敵總指揮，二七八團沈鳴鑄的一個營和葉鼎的一個營擔任防衛，陳良的一個營，和七〇九團董亨恆的一個營，共兩個營，擔任突擊。這幾位營長，他們的英勇事蹟和忠心耿耿，我想戰史上應該記載他們的，中緬邊區的反共大業，全建築在他們這些鋼筋上，雖然他們一直不為外人所知，但他們用血寫下這篇史詩，卻是真的啊！

六月二十八日，在緬軍發動攻擊十二天後，李國輝將軍下令反攻，而緬甸政府也頒佈全國總動員令，增援到一萬餘人，預備入山搜索。而我們就在他大軍未立定腳跟前行動，董亨恆營長率領他的四百多位弟兄，以類似跑步的速度，在山叢中七個小時急行軍一百四十里，於拂曉時分，到達猛果。

這是沒有聲音的一戰，那一夜，滿天星斗，沒有月亮，大地上清瑩得像水晶塑的一樣，四百多條黑影飛一般的迤邐前進，沒有聲息，沒有火光，只有雨點般的腳步在響。當我們到達猛果時，緬軍的哨兵已被從背後躍起的我們的弟兄掐住脖子拖走了，董亨恆營長親自在前面率隊，佔領該鎮，在悲憤莫名的當地土人指導下，董營長率隊衝進緬軍團司令部，可是，他還是去遲了，當他衝進去的時候，那位緬軍團長光著身子翻牆逃脫，熱烘烘的被窩裡縮著一個赤身露體、戰慄不已的白夷少女。

「我如果抓到他，」董營長憤怒的對我說，「我會當著那少女，唾他的臉！」

我們擊潰緬軍的這個團後，緬甸空軍對我們的轟炸更為猛烈，於是，他們的空軍總司令的座機被我們擊中，總司令跳傘逃走，座機撞毀在景棟山上。這位總司令現在是緬甸政府國防部長，我想用不著說出他的名字了，雖然我們從不為已甚——當時如果我們要抓他，會抓住他的，但他迄今似乎都認為那一次被擊落是他的奇恥大辱，我們不敢說他一直主張消滅我們是為了這一件恨事，不過，從那一次後，他對我們的仇視陡的增加，卻是事實，我們不願開罪任何一個人，環境卻逼我們開罪，那叫我們如何是好？

趁著有利於孤軍的形勢，我們託土人帶給緬軍一個照會，籲請兩點，一點是釋放和談代表，一點是不要再繼續切斷我們的退路，但緬軍的答覆是痛罵我們「殘忍」，責備我們發動「無恥的夜襲」，堅持一定要繼續把重兵屯在森林邊緣，最後警告我們這些「殘餘」說，他們將在七月五日，堂堂正正發動總攻，這答覆使我們弟兄們悲憤發抖。

七月五日那一天的一早，緬軍果然向我們攻擊了，這一戰的壽命只維持了四個小時，未到中午，便行結束。我們的收穫是：一百多具緬軍的屍首，四輛大卡車（大概就是大其力增援的那四輛），和被我們活捉的將近三百人緬軍，而我們卻只傷亡十一個弟兄——他們為國戰死在萬里外的外國國土上，骨灰現在供在我們孤軍的忠烈祠裡。

四

從七月五日到八月五日，一個月間，雙方成膠著狀態，可是，到了八月五日，緬甸政府頒佈他們舉國動員以來的總攻擊令，我們才第一次嘗到猛烈砲火滋味。在緬軍總攻擊後不久，孤軍便撤出猛果，接著再撤出公路線，向寮國邊境叢山中退卻，當退卻時，大家回顧兩個月來慘淡經營的基地，廢於一旦，而前途比我們初來緬甸時還要渺茫，一旦退入叢山，又與瘴氣毒蚊為伍，不知何日才能生還，大家更覺頹喪。

但是，在我們日暮途窮的時候，緬軍仍窮追不捨，兩門八一重砲和四挺三〇輕機槍把我們團團圍住，像向陷阱裡投擲火球一樣，集中砲火向我們轟擊，以致弟兄們連頭都抬不起來。中午之後，緬軍攻勢更猛，傷兵不斷的抬下來，前衛受不住壓迫，也逐漸向核心山頭後撤——這是我們入緬以來情況最惡劣的一天，李國輝將軍在一個被巨砲震撼得搖搖欲崩的山洞中召開緊急軍事會議，商量應變，大家只有面面相覷，估計剩下的彈藥已不能支持到明天了。在那從洞口漏進來而又反射到各人身上的微弱陽光裡，我看到一個個臉色蒼白。

這時候，僑領馬守一被哨兵領進來，他的衣服被沿途的荊棘撕破，鞋也裂開了大口，眼睛發直，一屁股坐下來，向我們報告噩耗，原來緬軍已把大其力、小猛捧、猛果、阿卡等地所有的華僑，全加逮捕，無論男女，都橫加拷打凌辱。緬軍對他們的同胞，尚且那麼野蠻，現在，更何惜於中國人，我的毛髮禁不住在根根的往上倒豎。

「李將軍，」馬守一先生嘶啞的叫，「你們是祖國的軍隊，救救我們，救救我們！」

李國輝將軍沉痛的望著大家，我們自己已到死亡的邊緣，那有力量伸出援手，最後，不知道是誰說了一句：

「我們沒有彈藥！」

「我可以供應！」馬守一先生說，他保證天亮前可以向緬軍或向泰國購買若干發——他沒有欺騙我們，在天黑後，他送來四千發子彈和一萬緬甸盾。他匆匆的走了之後，我們軍事會議仍沒有結論，大家都知道，無論去救大其力華僑也好，或是我們孤軍要活下去也好，必須先要摧毀緬軍的巨砲和機槍，但這和老鼠決定要往貓脖子上掛銅鈴一樣，誰去做這件事？又怎麼做到這件事呢？

最後，張復生副團長站起來，他願率領敢死隊包抄緬軍背後，去毀滅那六尊使我們戰慄的武器。在徵求那個營願意前往的時候，第三營董亨恆營長應聲舉手。

「我也去！我跟你去！」我驀然說。

「你不可以，你有妻子，老鄧！」董亨恆營長阻止我。

「你也有妻子！」

他低下頭，我在他臉上看到一種不祥的陰影。

天黑下來之後，在土人嚮導下，董營弟兄悄悄的撤出火線，向後山進發，中夜時分，忽然大雨傾盆，伸手不見五指，敢死隊折向西南，卻想不到，緬甸的一個營這時也正向我們背後包抄，兩支迂迴的軍隊在狹小的山口猝遇，發生了使我們損失最慘重的一場惡戰。董亨恆營長身中兩槍，被傷風菌侵入創口，我們沒有醫藥拯救他，兩天後，他呼號著慘死在他那從夜柿倉促趕回來的妻子的懷抱裡，遺下一個女兒，現在不知道她們流落在何方？第一連楊仲堂連長，當場被亂槍打死，葬身谷底，始終尋不著他的屍首，第七連連長和第九連連長也都戰死，可惜我記不起他們的名字了，但我相信他們的忠魂將和石建中將軍在一起，為我們祝福。

五

這一次遭遇戰使我們第三營連長以上的官長全部殉難，隊伍潰不成軍，哀叫呼號之聲，震動山谷，張復生副團長據守在一堆亂巨石後面，仰天大哭，這真是天絕我們了。但他在槍聲稍息之際，大聲命令未死的弟兄們，有排長的聽排長指揮，有班長的聽班長指揮，向敵人砲兵陣地進擊。

「向前衝，我們死也要死在那裡！」

張復生副團長，他猛的跳起來，沿著水溝衝上去，一個傷亡慘重、被擊潰的敗軍這時受到他英勇行動的感召，大家重新集結，把生命交給他們的長官，向山崖猛撲，緬軍的那一個營不得不節節撤退，於是，我們的弟兄，踏著血跡，跟了進去。

這是一場慘敗後的大勝，我們攻進緬軍的砲兵陣地後，把那兩門八一重砲和四挺三〇輕機槍毫無損傷的俘獲到手。李國輝將軍乃下令進攻大其力，現在，是我們擁有可怕的攻擊武器，而緬軍空無所有了，這種霎時間便把戰局顛倒過來的事蹟，今天談起來，仍歷歷在目。

就在這一仗之後，我們重新回到小猛捧、猛果，並進入大其力、阿卡。

在進入大其力後，緬甸國防軍的覆文來了，解釋從前扣押丁作韶先生、馬鼎臣先生，和逮捕華僑，都是政府的事，軍方不知，務必原諒，並請求把被俘的緬軍釋放。對這種類似兒戲的外交文件，使我想到中日之戰兩廣總督向日本索回軍艦的稀奇往事，但我們從不逼人太甚，一共俘虜了將近六百位緬軍，我們把他們集中起來，向他們報告我們的反共意識，和介紹他們認識共產黨的本質，三天課程後，一個人發給他們一百盾，打發他們回去。

於是，緬軍的第二個覆文到了，那就是八月二十三日，他們聲明同情我們的反共立場，但為了他們的顏面，請我們務必離開公路線和撤出新佔領的城市，其他可以一切照舊。這同情雖然來得太遲，我們仍然接受，第一個回合的大會戰，就這樣的結束。

這一場會戰雖然是大獲全勝，可是，我們提出的釋放和談代表的要求，緬甸只接受一半，他們把馬鼎臣先生送回，卻把丁作韶先生繼續扣押，那果然不是緬軍的行動，而是緬甸政府的行動，兩國相爭，不斬來使，對來使的有無禮貌，說明了那個統治集團是否有人類文明——因為，在原始部落裡，來使往往會被煮得稀爛的。不過，他們雖然沒有釋放丁作韶先生，卻在我們突襲佔領猛果的同時，把丁作韶先生，從景棟大牢中「請」了出來，專機送往眉苗。

眉苗相當於中國的廬山，是緬甸全國最優美的風景區，位於臘戌、曼德里之間，在英治時代，是英國總督避暑的地方，現在，則是緬甸總統和他的閣員們避暑的地方。有各式各樣避暑山莊的建築，安靜得像一片真正的世外桃源。

當丁作韶先生最初被關進景棟大牢，他自分必死，所以，那一天，獄吏「請」他出來的時候，他感覺到無比的傷慟，便偷偷的用一個破紙條，寫給李國輝將軍幾句話，「國輝鄉兄：千萬不要繳械，千萬不要投降，弟命已矣，死亦瞑目！」——這紙條從牢中傳出，輾轉到李國輝將軍手上時，我們已進入大其力，但我們卻永記於心，以後，每當情況危急的時候，我們就想起那紙條——弟兄們戲稱之為「衣帶詔」的那張紙條，便會覺得生氣陡的勃蓬。現在，丁作韶先生，也隨著老長官老伙伴離我們而去了，聽說他在成功大學擔任訓導長，我想，他，還有他的共患難的夫人胡慶蓉女士，會一直紀念著我們，只是，見面卻不容易了。

丁作韶先生在眉苗被軟禁了一年零兩個月，在這一年零兩個月中，事後丁先生告訴我們，他受到的待遇，成為我們孤軍奮鬥的寒暑表，當我們戰勝時，他的飲食就好起來，豬排、牛排、咖啡、水果，而且可以到眉苗公園散步，眉苗市長也設宴招待，也為我們的反共大業舉盃。可是，當孤軍戰事不利的時候，豬排沒有了，牛排沒有了，咖啡沒有了，水果沒有了，而且不准走出房門一步，偶爾探一探頭，便會遭到昨天還婢膝奴顏的警衛們的喝止。丁作韶先生告訴我們，最使他痛若的一件事是，當孤軍反攻雲南，節節勝利的那一段時期內，他幾乎是天天參加宴會的。可是，在孤軍開始撤退的一天，他卻立刻被從宴會席上拖下來，啊，祖國，你強大吧，強大吧！

六

八月末旬，我們在緬甸大批給養和車輛的供應下，由大其力撤退，這是一個悲壯的軍事行動。大其力那個有兩千多戶人家的縣城，是緬泰邊境最大的一個都市，可是，當我們撤退時，全城卻頓成一空，住民們恐懼緬軍的野蠻報復，華僑統統渡過河到泰國夜柿去了，白夷人則統統跟著我們撤退，這些在血統上可以溯源出來是中國人的白夷男女老幼，雜在孤軍中，拋棄了他們的房屋店舖。當天色黃昏，大家撤退完竣的時候，我一個人孤獨的徜徉在那淒涼的沒有燈光的大其力黃土狹街上，面對著無窮的死寂，使我想到三國時代劉備的襄陽撤退，歷史是不騙人的，人民和我們在一起，這應是我們在戰勝後仍不得不吐出戰利品所激起的憤怒中的唯一安慰。

我們第一步先撤退到小猛捧，在這個小小平原上，孤軍停留了一個月，九月間，我們進入猛撒，把猛撒作為復興部隊的基地。猛撒比小猛捧要好得多，是一個擁有四十幾個村莊的大盆地，在四周都是插天的高山峻峰中間，我們在那裡停留了半年，半年的安定生活，在我們這滿是創傷的伙伴們看來，真是一個奇蹟，而且也使孤軍有一個較長的時間整訓，我們必須感謝上蒼，這半年時間對我們是太重要了，一則使弟兄們得到一個徹底的休息，一則是，我們成立了幹部訓練班，使我們日漸擴大的部隊，有充分得力的幹部，這是必要的，因為我們不久就擴充到兩萬人。訓練班的教育長是何永年，副教育長是蘇振聲，學員兩百多人，他們來自部隊、華僑和當地白夷，每期三個月，一共訓練了兩期。

然而，民國三十九年十月十二日，緬甸空軍卻突然向猛撒做一次破壞君子協定的無恥的偷襲，那一天中午，大家剛放下碗筷，便聽到隆隆的機聲，接著便是瘋狂般的轟炸。

我們不知道是上蒼保佑我們，還是緬軍訓練不夠，這次轟炸的結果只炸死了一條水牛，使我們孤軍不得不賠出一筆錢給牛主。第二天，我們向景棟緬軍提出抗議，緬軍的答覆來了，在覆文中，他們說：

「盼望你們早日反攻大陸，一切糧食、汽油、車輛，我們可完全供應！」

但他們卻沒有提到我們抗議的主題轟炸這回事，好像根本沒有發生過什麼似的，大家傳遞的看看，啼笑皆非。

不過孤軍也並不完全在沉重的心情中過活，十二月間，猛撒縣長，也就是猛撒的土司——刀棟，新生了一個孩子，寄養給李國輝將軍作為義子，無論如何，和大漢的將軍拉上親戚使他們驕傲，李將軍收下了，並為他起一個名字叫「劉備」。

刀土司為這個名字，曾大宴賓客，因為當他知道劉備是皇帝的時候，他隱藏不住他內心的喜悅。

第四章

反攻雲南

我們住在猛撒，一直到半年之後反攻雲南時，才離開那裡。猛撒雖然是一個擁有四十多個村子的大平原，我們最初仍像是被放逐在一個荒島上那樣孤單和寂寞，但我們畢竟逐漸獲知我們對緬甸的軍事行動，已震撼了世界。那就是說，僅僅一千多個「殘餘」，便把緬甸國防軍擊潰，任何人都不可避免的想到，假使我們這些殘餘有三千人，或有一萬人時，會不會打到仰光？更進一步的，假如我們是進攻性的正規部隊的話，東南亞將是什麼局面？

於是，在弟兄們用血肉和骨骸把基地穩定住了之後，我們這一支衣服襤褸，缺少醫藥，缺少糧食，缺少書報的窮苦孤軍，霎時間成為寵兒，各國記者集中在曼谷，有的且到夜柿，要求進入基地採訪，但我們拒絕了，並不是我們故意矯情，而是，在會議上討論這個課題的時候，大家一致的問：

「我們叫記者先生們看什麼呢？」

看我們弟兄們瘧疾發時的苦況？看我們弟兄受傷而沒有醫藥的慘狀？看我們赤著的雙腳？看我們用以為主食的芭蕉心？看我們連一本書、一張報都沒有的中山室？看我們那些面黃肌瘦，衣不蔽體的戰士？

第二年，就是民國四十年，李彌將軍回來了，這對孤軍是一個喜訊，二月一日那一天，從一千里外曼谷豪華旅館裡，頒佈下來一道命令，這個命令是很重要的，它使我們游擊隊起了變化，我現在把這道命令的主要內容抄在下邊——

七〇九團改編為一九三師，李國輝將軍升任師長。

二七八團改編為九十三師，新派彭程將軍任師長。

新派呂國銓將軍任二十六軍長，指揮上述兩個師，新派葉植南將軍任副軍長。

在這張名單上，啊，我想，「將軍」大概是太多了，我想提醒的一點是，除了李國輝將軍，其他三位將軍，都是新委派的。彭程將軍在昆明未事變前的二十六軍裡當團長，當附員，昆明事變後，他便一直住在香港，是那個時候尚羈留在越南的彭佐熙將軍的侄兒，而彭佐熙將軍和李彌將軍也是老朋友的關係，被挽留下來主持統籌全軍的重責大任。

我們不能不提到譚忠將軍，他在×××團長和師長、軍長們前仆後繼的拋下弟兄們逃回台灣後，一個人堅苦的支持下去，他沒有逃——他如果也逃的話，他可以把剩下的軍械賣光逃走的，那他現在腰纏萬貫，該過著多麼好的生活？可是，我早說過，他

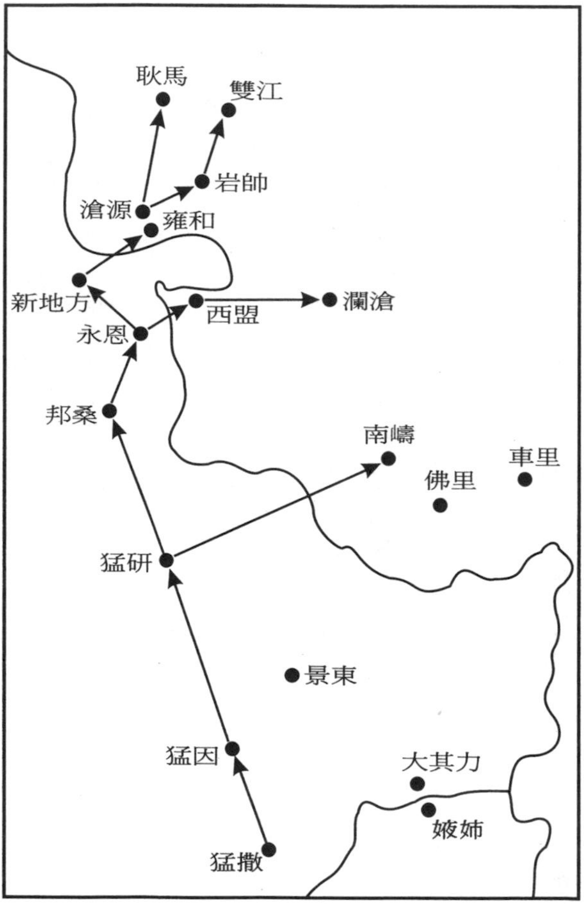

反攻雲南進軍路線，從猛研分兵。克復的四個縣城為耿馬、雙江、滄源、瀾滄。

傻，他留下來，參加中緬大戰，建下功勛，用血汗築成基石，結果他還是團長，和他並肩作戰的李國輝將軍升到師長的時候，一般常情以為他也會升任師長的，卻發表了一直住在十里洋場香港的彭程將軍了，後來譚忠將軍連團長也垮下來。啊，我懷念他，他假使稍有一點人事關係，不會如此，一個百戰英雄，是這樣的低頭了。我記得和緬軍作戰時他那副鎮靜的臉色，在軍心動搖時最重要的莫過於將領的鎮定了，他親自率領一連人切斷大其力對景棟的公路……我們現在又說得太遠了，譚忠將軍不過是一個開始，以後，世人們可以看到，有汗馬功勞而無人事關係的伙伴們，他們都逐漸的被淘汰，因為有些人似乎把邊區當作世外桃源。

一

我們反攻的序曲開始於四十年二月十日，在共產黨雲南貿易公司的經理蔣世才，這位在大陸淪陷前擔任土共司令的老共產黨，帶領了三百多人全副武裝的馬幫，從車里運來將近三百噸的巨量鴉片，趨向大其力，被我們密如蛛網的諜報偵知——在中緬邊區，沒有一個共產黨能逃過我們眼睛的，全體華僑社會和每個人身上都背著血海深仇的弟兄們，使任何共黨一經工作便馬上暴露身分，然而，我們最恐懼的是打入高階層的內奸，和那位肅奸委員蘇文元一樣，他表現得比任何人都忠貞，而且用他那狂熱的忠貞，打擊和消滅我們的得力同志，使人才潰散，怨聲載道，然後再畫龍點睛的教導我們無法挽救和無法抗拒的一項錯誤決策，那便一切都完了。大陸上的往事，一件一件的可作為例證，今天談起來，我還覺得渾身顫抖。

李國輝將軍在得到情報後，立刻向住在曼谷的李彌將軍請示，李彌將軍覆電來了。

「截擊！」

當天——二月十日夜間，張復生團長（他已升為團長）於接到兩個字的覆電十分鐘後，率領全團出發。這一仗使人緊張，也使人興奮。睽違了整整一年之久，又再度的和共產黨交手了，當我們到達猛廣的時候，據報他們已經通過了兩個小時，也連夜向大其力進發，張復生團長立刻命令追擊，和販毒的三百名共軍在距大其力只有一公里的地方接觸，張復生團長一方面急行軍增援，一方面向大其力包抄，終於，在大其力街口，我們憤怒的弟兄，把敵人團團圍住，一舉消滅。

李彌將軍在這次大捷後，才到猛撒，才開始親自指揮行動，不過，實際上，李彌將軍已是第三次到緬邊來了。我想我敘述的有點亂，一方面是，事情隔得太久，一時不能像流水賬那麼一筆不漏的順序說下去；一方面是，連我自己有時候也弄不清楚了，我親身參加過的事，我還可記得，我未親身參加過的事，便難免遺忘。對於一個滿身是瘧疾菌，而又隨時都可以死去的老兵，每天所遇到的，都可以說是大事，但也都可以說是小事，即令是死亡，在我們看起來，不是也太平淡了嗎？

李彌將軍第一次到緬邊是八月十六日，那時正是中緬大戰結束，我們佔領大其力期間，僑領馬守一先生從夜柿送來一封信，告訴李彌將軍已經化裝到了夜柿，迫切的盼望和弟兄們見面，由馬守一先生派人把李彌將軍護送到賴東，孤軍再派一個營越過叭喝，前往迎接至大其力，李彌將軍和我們已是一年多沒有見面了，他握住李國輝將軍的手，淚流滿面，哽噎著說：

「我一直到後來才知道是你，最初外邊只傳說第八軍李團把緬甸國防軍擊敗，很多人問我李團的負責人是誰，我曾試寫了十幾個人，卻想不到是你，我對不起你們，你們是太辛苦了。」

我們沒有像兒女般的抱頭痛哭，但英雄的感情有時比兒女還要沉重。當夜，李彌將軍住在馬守一先生開的財福祥布店的樓上，馬先生帶著他的貨物暫避到夜柿，一切委託李國輝將軍代管。在一燈如豆下，李彌將軍告訴我，陰曆年的時候，他心緒不寧，曾到台北仙宮廟香焚禱告，抽了一支籤，默問孤軍和他的夫人龍女士的前程，籤是「上上」，籤文是這樣的——

頭臚盈斗血盈腔
贈與人間識貨郎
忠義堂前定八荒
跨鹿插花下洛陽

「我當然猜不透仙機，」李彌將軍唏嘘的說，「但在籤文上看起來應是非常的吉祥，心裡覺得平安得多。」

那天晚上，談了很久，第二天，連長以上的軍官分別晉見，第三天，孤軍撤出大其力，他仍回到夜柿。

二月二十日，李彌將軍第二次到緬邊，在猛撒也勾留了三天，更進一步的對孤軍有深刻的認識。所以，他於三月十八日，決定將總部遷至猛撒，而這一次的蒞臨和前二次不大相同了，我們已立定了腳跟，所以，當他通知我們行程的時候，李國輝將軍派出了陳顯魁營長率領他的一營弟兄，深入泰國迎接。

李彌將軍第三次進入緬甸，帶著他全部隨員，包括參謀長錢伯英，副參謀長廖蔚文，第一處處長胡景瑗，第二處處長王敬箴，第三處處長柳興鎰，第四處處長王少才，和我們上述的那些新發表的將領們，他們在清邁下火車後，換乘小汽車北進，可是公路到距緬邊還有四十華里地方就沒有了，陳顯魁營的弟兄們乃臨時在荒野中修出一條公路，一直修到緬邊蚌八千。在這裡，我想你一定不明白，我們不但在緬甸打仗，而且又在泰國修路，緬甸已敗，尚有可說，難道泰國也願容忍？假如你有這個疑問的話，這個疑問是對的，不過，事實上已說明了我們在那裡真是來去自如，李彌將軍所以不經過大其力，便是為了不願泰國顏面上過不去，蚌八千是一個緬甸小鎮，位置在緬泰邊境，不但沒有軍隊，連警察，和那無孔不入的稅務員都沒有，泰國境內正是我們修築了公路之後，才派了一兩個警察在那裡巡邏的，假如我們不去找他們麻煩的話，他們是從不理會我們的，這應歸功於我們華僑的社會力量，和孤軍戰勝東南亞各國中最強大的緬甸國防軍後的聲威。

二

我們以隆重的儀隊和三番軍樂，把李彌將軍接到猛撒，當天晚上，他便和李國輝將軍深談。

「依你現有的兵力，」李彌將軍問，「能不能反攻雲南？」

「可以的，」李國輝將軍答，「但我們只能游擊戰，恐怕不能守。」

這兩句對話是以後作戰的藍圖，第二天，雲南反共救國軍總指揮部正式在猛撒成立。啊，在這裡，我想你一定看得出來，雖然有了一個人員龐大的總部，雖然有兩個師的番號，實際上仍是李國輝將軍和譚忠將軍麾下的那支孤軍。

十天之後，那一天是三月十八日，李彌將軍下令向雲南反攻，一場返回祖國，重睹故土的大戰，於焉展開。

反攻大軍由李彌將軍指揮，分兵兩路——南北兩個梯隊，向北進發，北梯隊是反攻主力，由李國輝將軍率領，於三月十八日凌晨，悄悄的離開猛撒。南梯隊是佯攻，由呂國銓將軍率領，在北梯隊悄悄的離開猛撒一個星期之後的三月二十四日的那一天，大張聲勢的出發，他們的目的地是車里，南嶠、佛海。李彌將軍希望這支佯攻的南梯隊能吸引住共軍的兵力，使北梯隊可以迅速的攻取耿馬、瀾滄，然後，在增援車里、佛海、南嶠一帶的共軍來不及回師之前，向東急進，一舉克復昆明，再回軍南指，和佯攻的南梯隊前後夾擊，一舉摧毀共軍野戰軍主力。我們預期，人民會站在我們這邊的，我們打算在三個月後，迎接中央政府遷到昆明，以便和共產黨短兵相接，再向北平進軍。

一切都不是不可能的，當初蔡鍔將軍便是提一旅之師，從雲南北伐，推翻袁世凱的，我們相信我們可以如法砲製的推翻共產政權，遠大的前程和祖國國土的芳香吸引著我們，使我們在接到出發命令後，心都要狂喜的跳出腔子。

我是被派到葛家壁那一營，作葛營長助手的。我前一天從夜柿回來，在夜柿，我和政芬做了一個星期的團聚，大孩子已由他母親那裡，開始讀方字塊了，而安岱自從在車里發過高燒之後，起起伏伏，延誤到中緬大戰前，送到夜柿，才請華僑醫生看好，我永遠感激那位年輕的大夫周維信先生，他沒有收我一文錢的費用，但他卻對我那已經完全痊癒的女兒默默搖頭。我告訴你，朋友，過度而又長期的高熱，使我那活潑的女兒成了白癡。在她一年後死在我臂膀裡之前的期間，她一直是憨憨的傻笑著，她不再狂歡大叫，也不再機警地躲避那最後終於致她死命的毒蛇。啊，所以，當我向政芬提到孤軍可能反攻雲南的時候，她重新哭泣起來，在她眼睛中，我讀出一種悲憤哀怨的疑問，為什麼所有的人都在安享餘年的時候，她的丈夫和游擊隊的伙伴們，卻偏偏的整天戰鬥，戰鬥。

我沒有逃跑，沒有像有些人那樣在曼谷在台北買房子，我仍回到猛撒去了，我說不出我是什麼心情。我回去後，便請求到葛家壁營工作，他是北梯隊的前鋒，以一營的兵力，為大軍開路，我願和他工作在一起。至於我為什麼不請求留守，而卻跑到第一線？那不是我英勇，世界上沒有不怕死的人，我想大概是我再也受不住我心靈上的負擔了，我死也要死在故國的國土上。

三月十八日，我們向第一天的宿營地猛因出發。

三

猛因位於景棟之東，是「熟卡」區域，「熟卡」指的是接受過現代文明的卡瓦人，好像我們貴州的「熟苗」「生苗」一樣，在「熟卡」區域，我們可以放心的行軍。但第二天一早，離開猛因，一直到永恩、西盟，連綿五百華里，全是「野卡」區域，大家心理上便蒙著一層陰影。

猛研，是南北兩個梯隊分兵的地方，北梯隊繼續向北挺進，南梯隊就在此揮軍東指，進攻南嶠我不知道外邊怎麼傳說我們是多少萬大軍，真正領國家薪餉的，即令在我們勢力最高峰的時候，也不過五千人，而這次，把李國輝和譚忠將軍的不到三千人的隊伍，再分為二，每一個梯隊不過一千多人，而共軍據守南嶠的部隊，有一個加強團，旺盛的火力和以逸待勞的形勢，使南梯隊進入國境後，便停頓不前，不但沒有能像我們期望的一鼓攻克南嶠、佛海、車里，而且到了後來，共軍援軍大集，忽然變成有被殲滅的危險，呂國銓將軍不得不倉皇的敗退下來。一個鉗形攻勢缺了一邊，只剩下一千多人的北梯隊繼續深入，這當然是後話了，但在越過猛研之後，伙伴們心裡那種反攻的和重返故園的喜悅，便開始被荒草茂林中傳出的「野卡」鼓聲懾住了，三月天氣，在我的故鄉——我和葛家壁營長都是北方人，仍是冰天雪地的季節，卡瓦山一帶卻熱得像天上瀉下火漿，那碧青的蔓草比人還要高出一尺有餘，弟兄們雙手執槍，警戒著隨時出現的老虎，我們本來是可以用高聲吆喝，驅走虎豹的，但又怕傳到「野卡」耳朵裡，遭受毒箭襲擊。

從猛研到邦桑，孤軍大體上一路平安，我們在亂草中撥擘前進，臉上、手上、腳上、佈滿了刀子一樣鋒利草葉割出的血痕。每天晚上宿營，大家升起營火，三個人一組的哨兵背靠背的環繞著營地，老虎低沉吼聲徹夜的在附近傳出。到了第四天，我們的糧食盡了，大家只有個別為政，兩人一組——一人持槍掩護，一人去挖芭蕉心和野菜充飢，我是和一位雲南籍的少尉陸光雲合作的，啊，紀念陸光雲吧，他在一個月後，潛進昆明，被共產黨發覺，全身澆上汽油，活活燒死！我坐在地上吃芭蕉心的時候，觀察我們悲壯行列，不禁心都縮作一團，難道國家就只剩下我們這一千多人嗎？我們反攻，我們死，是義不容辭的，但我們覺得我們的擔子是太重了，不是我們挑得動的，假使我們能吃得飽，或許會好一點。但我仍有無限的欣慰，總算政芬和其他眷屬們不在這裡，一切苦難讓男人們單獨的負擔吧。

在邦桑，住了五天，李彌將軍臨時變更計劃，改攻滄源，我想這個改變是明智的，我們假如不能攻克滄源而逕攻耿馬，勢必陷入共軍的重重包圍。

我隨著葛家壁營再度出發，在這中緬邊境地帶，是「野卡」的大本營，大家的戒心更加提高。行軍到第三天的中午，弟兄們飢渴交加——尤其是渴，那比飢還不能忍受的痛苦使大家軟癱下來，一營人，沒有一點聲音，只有無數連淚水都流不出來的枯乾眼睛，默默的望著葛家壁營長，葛營長拉我一下。

「聽！」

我們聽到鼓聲，隱約而狂熱的鼓聲，從一排林木那裡傳出來，我點點頭，知道是野卡的村子，它使人恐懼，但也使人們知道那裡有水。

「我不去！」擔任我們翻譯的熟卡人驚慌的拒絕我們的要求。

「不去打死你！」陸光雲用槍指著他的胸口。

「我不去，他們會割掉我的頭的，」他幾乎要哭起來，「這正是祭穀的時候！」

最後他還是去了，條件是我們漢人得出面接頭，陸光雲帶著兩位弟兄在背後掩護，我和翻譯前往。我願意去，並不是我不怕死，而是我實在太渴了，如果求不到水，大家會一齊渴死在那裡，我們收集了一些別針、鹽之類的禮物，由我攜帶著，前往交涉。

我永遠不會忘記我第一眼看到野卡時所受的驚嚇，和美國蠻荒電影上所顯示的沒有分別：在廣場的一根杆子上，懸掛著一顆血淋淋的人頭，鮮血像漏了的屋頂似的往下滴著，人頭的眉毛和眼角垂下來，像為他的被殘殺而哀傷，一個女人正拿著一把在陽光下發亮的鋼針，向人頭的眼睛刺去，當她刺進去之後並不把針取出來，卻翻轉身子，大叫一聲，一群野卡便圍繞著人頭，一面唱歌，一面中了魔似的狂跳，他們女人穿的是一條短到什麼都蓋不住的短裙，男人則像月經帶似的只在胯下繫著一條長布。後來，那位翻譯告訴我，他們唱的是：

你瞎了眼
才叫我們殺了你
祝你的鬼魂早早升天

保佑我們豐收

「他們什麼人都殺嗎？」我問。

「不，只殺漢人。」

我聽了不禁毛骨悚然，這應歸咎於那些欺騙卡瓦族的漢族的敗類，他們本來只是互相殘殺的，但在不斷的被漢人欺騙之後，開始專殺漢人了。

四

這個和非洲探險鏡頭一樣的可怕場面，被一包食鹽打斷了，翻譯將一包紮得非常鬆懈的食鹽擲過去，紙包在空中裂開，鹽末一條線的撒過去，在野卡們驚叫聲中落在地上，所有食鹽全部顯露出來。他們低頭凝視著，然後各人的箭陡的都頂到弦上，他們上弦的速度是那麼快，在上弦之前，我幾乎想都沒有想到他們還帶著弓箭，這種足可和美國西部電影中拔槍速度同樣媲美的動作，使我渾身抖個不停！

「快笑，」翻譯說，「一直不停的笑，露出牙來，那是說明你友善的標幟。」

但我內心卻只有恐懼，沒有一絲笑意的，不過我仍是笑了，張開枯乾得快要焦了的嘴唇，雙手把食鹽和別針舉到頭上，露著滿是隆起肋骨的胸脯，想到那古老的武器貫穿進去時的痛苦，我後悔我太輕率了，我默默的禱告著，我是什麼都不信的，但我不斷的在喉頭裡呼喚天主，呼喚上帝，和呼喚我佛觀音。那一次是我一生中最膽碎的一次了，我如果能掉頭逃跑的話，我會不顧一切掉頭逃跑，我想我如果被野卡的毒箭射死，恐怕一定有些人在酒餘飯後，語意中還會訕笑，說那是我應得的報應。我寧願飲下敵人的一顆子彈。

幸虧毒箭沒有射過來，熟卡翻譯後，有一個青年人，我想他就是酋長了，輕蔑的接過我高舉著的禮物，檢視了一下，點點頭，他答應了，我高興的幾乎要跪下來吻他的腳。

在我們獲得飲水的補給後，我像躲避毒蛇一樣的急急逃出村子，和掩護的部隊會合，卻看見翻譯熟卡滿面愁苦的坐在那裡吸他的煙草。

「你一定有心思，」我故意輕鬆的說，「想太太嗎？」

「不，」他回答，「永恩一帶的野卡更厲害，剛才那酋長告訴我的，他們把那裡的野卡叫山頭人，你們通不過去的。」

「我們可以打過去。」

翻譯向我笑了笑，我立刻不安起來，我知道我們的一切都可以瞞過緬甸，可以瞞過共產黨，可以瞞過新聞記者，甚至可以瞞過祖國，但瞞不過善行山路的卡瓦族，他們孫臏一樣的，從我們宿營時所用的柴草，可以準確的判斷我們到底有多少兵力。使我們唯一顯得聲勢浩大的是騾馬大隊，在邊區，每一匹騾子都有牠的名字，例如：小黑、小白、小花、嘎青等等，騾夫們像喚孩子們似的呼喚著牠們，牠們也靈活的和孩子們一樣的聽從呼喚，三百匹騾子，在狹小山徑上和過人的草叢中，看起來浩浩蕩蕩，可惜的是，牠們背上坐的只是李彌將軍總部的人，而沒有為他的部下多馱一點飯糰和多馱一點飲水。翻譯告訴我，連英國殖民力量鼎盛的時候，有飛機助戰，都沒有能夠打進以南徐河為主的永恩峽谷。

我們這支先鋒部隊自不能聽了一個不相識的酋長的一句話而停止軍事行動，便是滿山滿谷的蛇蠍，也要通過，這是軍人的本色，萬事都有一個終結，最悲慘的終結不過是死而已。

永恩，這個我們緬境的最後一站，又叫永列，又叫岩城，南徐河和它的支流，緊緊的夾抱著它，萬山重疊，我們越是接近，對那一帶墓道似的山徑和不時發現山坡上立著的高桿頂端懸著的乾癟了的人頭，使我們弟兄一個個面無人色。從緬甸一直帶來的瘧疾，大概過於恐懼的關係，發作時更特別厲害，不時的有人栽倒路旁，那就必須另外一個弟兄留下來像守屍一樣的守到他能再爬起來。

然而，事情往往有出意料之外的，在我們先鋒部隊正要全軍覆沒的前一剎那，一個奇蹟救了我們，不但救了我們，並且找到一位有力的伙伴，和三百多位驍勇的戰士，在以後進入國土的大戰中，三百多位野卡弟兄的血染紅了南龍河。

在我們行程最後的一天中午，山徑越來越狹，碧青如洗的天空變成一條線在雙峰夾縫中隱約的忽隱忽現，陽光只照在高插雲際的峰頭上，腳下是南徐河支流的深谷，陰風和澗水聲混合在一起。我和葛家壁營長前後走著，我仰頭高望，想到古時候的戰爭，假設敵人從上面源源滾下巨石，我們只有葬身在這裡。

就在大家最緊張的時候，一個宏亮的聲音在山頭響起——

「下邊走著的弟兄們，不要動，不要開槍，你們看不見我們，三百枝毒箭在草裡已瞄準你們的眼睛了，我們只要你們的槍，不要你們的命，把槍放下來，乖乖的退出去。」

我們面面相覷，這時候大家才發現草叢中和山巒上密如繁星般微露著的箭頭和稀落的槍管。

「放下武器，」那聲音又喊著，「舉起雙手退出去。」

說話的是中國人，而且帶著濃厚的雲南口音。

「你們還要頑強嗎？上天有好生之德，才不叫我下令殲滅你們。」

這是一個發生在肘腋的巨變，我不知道即令是世界名將處在這個可悲的地位會生出什麼辦法，葛家壁營長不知道是那裡來的靈感，他木木的看著我，全部先鋒部隊都在等他的一句話，他的一句話便可以決定大家的生和死，但他忽然高聲喊了一句：

「我們不是共產黨！」

「混賬王八蛋，你們騙那一個！」回答的是臭罵。

好了，一線生機在我們眼前浮起，葛家壁營長向山頭大聲解釋我們的身分，對方不相信，他認為國民政府已經沒有了，但我們要求他見見我們的代表。經過一番計議，我再度的被指派擔任這個差事，於是在我前面五百公尺處爬上一個陡岩，有兩條繩子垂下來，把我吊到一個山洞裡。

在那裡，我看到了草莽英雄屈鴻齋，和他的兩個內弟大馬黑、二馬黑，屈鴻齋是一個怪傑，他十年前因打抱不平殺了人逃到永恩，在那以殺漢人為業的野卡區域中，不但活了下去，而且成了當地土司永恩王的女婿。當他確切的知道我們是國軍不是共產黨的時候，他虎目中流下激動的淚珠，抓住我的胳膀，痛切的搖動著，然後下令他的野卡弟兄們，撤回弓箭手，擺隊歡迎。

五

先鋒部隊因禍得福的結識了屈鴻齋之後，反攻形勢更為有利，就在永恩，已接受我們縱隊司令番號的莫乃土司石炳麟，率領他的部下向瀾滄進擊。屈鴻齋，這個頂天立地、胸懷大志的男兒，他不但有可驚的智慧娶了永恩王的女兒，而且，在那滿坑滿谷的鴉片窩裡，他不但不吸鴉片，甚至連紙煙都不吸，他和西盟方面接頭，作為石炳麟部隊的嚮導，向東推進。

我們繼續出發，三天之後，進駐孟茅，這裡原有一連緬甸國防軍，為了避免他們逃跑——我們需要他們留在那裡，以便我們攻入國土後，使共軍不能包抄我們的後路，派人帶了屈鴻齋為我們準備的禮物前往致意，緬軍答應不逃跑的要求，等我們到了孟茅的當天晚上，葛家壁營長特別的招待他們各連官兵，聚餐大嚼。

孟茅是一個相當大的村子，除了地圖上顯出它是屬於緬甸外，在街上看見的全是中國字的市招，聽到的也僅是雲南方言，這是我們進入國土前的大本營。三十九年大陸沉淪後，逃出鐵幕的官兵、地方官吏，和不堪壓迫的老百姓，這時候聽說大軍雲集（可憐的一千多人的「大軍」）要反攻回去，便自動向我們報到，李彌將軍到達孟茅之後，主要的工作便是組織他們並分配給他們任務。在這裡，我想說出幾個人，像羅紹文、李文煥、張國柱、文興洲、文雨辰、甫景雲，他們都在不久和共軍的大戰中，盡過最大力量。李彌將軍命令他們率領那些赤手空拳的部下，隨著反攻部隊後面進發，以便補充武器。

中華民國四十年四月二十四日，距我們自猛撒出發一個月，距我們撤出國土一年，那一天，我們重新踏上國土，我和葛家壁營長並馬立在山澗的懸崖上，嚮導指著腳下的峽谷說：

「這就是中緬邊界，谷的那邊便是中國國土了。」

我們點點頭。

「有屋子的那個山頭，就是雍和！」他繼續說。

我如癡如醒的佇望著，想起「近鄉情更怯」的詩句，寤寐都思的祖國江山，就擺在眼前，卻不知道會遇到什麼，分明的，迎接我們這些歸來的弟兄，不會是成群結隊的笑臉，而是無情的砲火！擔任斥堠的弟兄已過到谷的那一邊，可以清楚的看見他們持槍前進的警戒著的英勇姿態。我們慢慢的縱轡下谷，馬蹄聲踏碎了重返家園的詩情畫意，這只是祖國的國土，我真的家園還在千里外的黃河。

「假如有一天，」我說，「我們能這樣的駐馬黃河堤上，遙望著開封古城，我們就更高興了。」

「那時候，我會大笑起來。」

「沒有人干涉我們，你現在就可以笑。」

「我只覺心情沉重。」

「但我們的士氣是旺盛的。」

他不再言語，我說的話是真的，我想世界上只有反攻的部隊才是士氣最旺盛的部隊，雖然，我們沒有得到什麼照顧；雖然，不管有些官員發了多少萬美金的財，我們弟兄的月薪，卻始終只有兩個老盾。我忘記告訴你了，老盾是緬甸幣，一個老盾折換五銖泰國錢，而二十銖才能合一元美金。我們弟兄們自民國三十九年七月（聽說是五月間國防部便發出我們的薪餉了）起，一直到現在，每月的薪餉仍只有美金五角，我們如終穿著草鞋，但我們只求反攻，我們願意死，祖國，讓我們死在你懷抱裡，我們便死也瞑目了。

當天下午，先鋒營進駐雍和，這是我們真正的國土，葛家壁營長下令封鎖，他派出一連兵力，擔任警戒，除了情報人員，只准進入雍和，不准任何人離開，一面和孟茅聯絡。當天夜間，李國輝將軍趕到，召開進入國境後第一次軍事會議，出席的有團長張復生，第一營營長鄒浩修，第二營營長葛家壁，第三營營長陳顯魁，副團長姚昭。

第二天，四月二十五，凌晨一時——正是午夜，全軍出發，四個小時行軍四十華里，於拂曉時到達滄源，即行攻城。

六

滄源城駐有共軍部隊一個連，和民兵一個大隊——四百多個武裝齊全，驍勇善戰的卡瓦青年，這些民兵，是雲南四部最大最強的民間武力，岩帥王田興武便是這些民兵的領袖。田興武原來只不過是一個土司，雖然他對老百姓有潛在的影響力，卻從沒有得到過政府的尊重，而且還常常受到官員們的輕視和欺凌，所以，當大陸沉淪時候，他率領強悍的卡瓦部下，和共軍並肩作戰，使國軍無法立足。

我們這次所以選定滄源為目標，便是田興武允許他可以反正，世界上很少真正喜歡共產黨的，尤其是田興武當初和共軍合作，只不過激於一時氣憤，時過境遷，氣早消了，而共產黨硬派他作滄源縣縣長，借他的雙手，殺他的屬民，使他深惡痛絕。

原來約好的是，只要我們進駐雍和，他們便將駐防滄源的一連共軍消滅，佔領城亘，可是，當我們駐進雍和之後，他們的態度反而猶疑起來。情報人員倉皇的報告說，那個軍校出身的胡大隊長告訴他，要等我們攻城時，他們才可以表示態度，然而，我們一旦攻城，他們卻起而應戰，這真是一件使人萬分懊惱的事，很多伙伴們堅信著只要我們向前推進，老百姓便會簞食壺漿以迎王師，而現在，已經接洽過願意起義的人竟仍猛烈抵抗，不得不大感困惑。尤其最使人震驚的是，共軍那一連正規軍，最初還和我們接觸，等到發現雙方人數懸殊，他們立刻悄悄的撤走了，陳顯魁營長雖率部猛追，擊斃他們一個排長，但其他的人全逃得無影無蹤，伙伴們開始面面相覷，一股不安的念頭又升上來，僅僅是一個連長，便可做到迅速脫離敵人，回想到我們大軍在元江潰敗的往事，大家恍然的發現，我們的對手已不是緬甸國防軍，而是共產黨。

滄源經過四小時的激戰，李國輝將軍下令讓出一條生路，讓民兵向岩帥退卻，這一次讓路，是岩帥王田興武終於反正的張本。假使那一天，我們憑藉著優勢的武力將那一大隊民兵消滅，不但我們自己死傷增加，而留在岩帥的足足還有五個大隊的武力，不會站在我們這一邊，之後，我們馬上就要敘述到，田興武反共後，他的民兵對我們的反攻大戰，有可歌可泣的貢獻。

滄源於四月二十五日中午克復，我是第一次到這個邊陲小城，那擁有一千多戶人家，只有一條街道的破敗城垣，寂靜如死，我沒有故舊可訪，但我希望能看到一個當地人的面孔，卻什麼都看不見。對我們這些重返國土的國軍，沒有鞭砲，沒有歡呼，大街上黃土飛塵，也沒有人影，家家關門閉戶，除了我們弟兄的崗哨，便是政工隊員們在興奮而忙碌的張貼佈告標語和散發傳單，在傳單上，我們提出八章約法，那八章約法是——

一、立功者有賞，自新者不究。

二、凡公共機關團體附共職員官員一律寬大，不加殺害，但應保有公家財產文件，聽候接收。

三、絕對保護私人財產，不得以非法任意沒收。

四、繳械和投誠者，一律以本軍待遇。不沒收私人財產，不殺害生命，不辱人格。

五、在共產統制下非法處理的一切土地財產，須候法律解決；不得私自報復，任意搶奪分配。

六、根絕飢餓殺人政策，及其參軍獻糧運動。

七、首惡者必辦，脅從者不問。

八、凡執迷不悟為共產黨繼續工作，遺害人民者，一律處死。

我所以把這八章約法寫出，是提醒你，這是一個心戰，對那些平常騎在老百姓頭上，尊貴萬分的那些人的假面具，藉著文字予以無情的戳穿，使當官的發生自卑，使當民的發生仇恨，而共產黨政權則正是建築在官吏的尊嚴和人民的順服上，我們不希望我們的宣傳能發生正面效果，只希望能發生側面效果，雖然這效果是看不見的，但它一旦茁壯，便不是任何槍砲所能抵禦的了。

一直等到天快黑下來的時候，才有老頭和老婆婆試探著把頭伸出來觀察動靜，槍聲和共產黨的宣傳把他們嚇壞了，他們滿懷著恐懼的看一下國民黨是不是像共產黨所說的那樣對他們展開殺戮。在以後我們佔領滄源的兩個月時間內，和老百姓相處得非常融洽，但我一直覺得，我們從他們嘴中得不到什麼，共產黨的殘酷控制，使他們養成守口如瓶的習慣。

攻克滄源的第二天，並未繼續前進，李彌將軍由緬甸孟茅趕到雍和，李國輝將軍坐鎮滄源，命令趕築工事，一連五天，弟兄們比作戰更辛苦的在環城的叢山上晝夜不停的工作。

五月一日那一天，中午，在西南天角，出現一架巨大的飛機，沉重的轟轟聲，使整個山谷都震動起來。我那時正在和葛家壁營長一同前去河壩視察，巨機就在頭上掠過，像一條大海中躍出來的銀鯨，沒有國徽，也沒有其他標幟，狂吼著向河壩俯衝，我們驚魂還沒有定時，它已拉起機頭，在山叢中打一個周旋，第二次的再度向河壩俯衝。

「這是怎麼回事？」我叫。

「不知道，不知道，」葛家壁失色的說，「我想一定有變化，一定有變化。」

七

我們迅速的向河壩奔去，弟兄們也感到十分驚慌，等到我們爬上高堤，才發現從那架巨機肚子裡吐出來的降落傘，正點點斑斑的向河壩降落。歡呼聲，和弟兄們奔走相告的喊叫聲，霎時間從河壩傳遍全城，再傳遍群山，正在辦公的和正在建築工事的伙伴們都走出來，參加那高興得幾乎要跳起來的雷動般的行列，我們不知道那架飛機是那個國度的？也不知道那架飛機是誰在駕駛？但它的空投使我們掩飾不住那種天涯遊子聽到母親呼喚時的喜悅，有的弟兄為了看得更清楚，竟猴子似的從這塊岩石跳到那一塊岩石，又從那塊岩石跳到另一塊岩石，有的弟兄則始終舉帽子向巨機揮舞，我說不出我內心的興奮和欣慰，便是四月二十四日重踏國土，也沒有空投開始那一天使我感覺到歡欣欲狂。我和葛家壁營長站在高堤上，脈搏猛烈的跳動，淚珠盈滿了眼眶，我們幾乎忘記我們是出來幹什麼的了。

空投從五月一日，一直到七月五日共軍大軍包圍滄源止，每天都在進行，投下的全部是輕武器，包括卡賓槍、輕機槍、重機槍、子彈，和大量「人民幣」。我十二萬分的佩服那些「人民幣」，無論紙張、圖案，便是專家恐怕也分辨不出真偽，可是，不知道是什麼緣故——是製造廠裡有共產黨的工作人員呢？抑是設計師一時疏忽？在毫無挑剔，至善至美的情形下，萬萬料不到，桅桿的位置卻向右偏了一線，把兩種「人民幣」重疊在一起，舉向陽光，或舉向燈光，所有圖案，便簡直和一個模子裡澆出來一樣，連一個斧頭、一個花紋，都密切吻合，只有在那帆船上，卻出現了兩根桅桿，我們的桅桿略微的向右偏了一點點，然而，僅只這一點點就夠了。陸光雲膽大包天的攜帶著它去昆明購買我們最迫切需要的奎寧丸和廉價的紅藥水之類的藥品，就在經過保山時，被共軍發現了那條桅桿，把他押到昆明，為了對「殘餘分子」殺一儆百。對了，我想你會記得蘇文元的，他那時仍是肅奸委員會的委員，不過「奸」的對象不同了，他和陸光雲也有過一段交情，兩個人同是水泥地上四輪鞋子的溜冰能手，經常的互相請對方吃北方水餃，但在共產黨來看，友情是太可笑和太落伍的東西了。蘇文元下令把陸光雲綑住雙手雙腳，澆上汽油，然後引火，天！我怎能說得下去，逃回來的人泣不成聲的告訴我，陸光雲，那位莽張飛型的忠臣義士，在大街上被燒得滾來滾去，他淒慘的哀號聲連執行他死刑的劊子手，都不忍心看下去，陸光雲是這樣的死了，死在那個桅桿上。至於我們自己使用的貨幣，是我們自己用銀子鑄造的「半開」銀元——三個「半開」，兌換銀元一元。

空投下來的武器彈藥，在空投完畢後，立刻一分鐘也不停的由騾馬大隊運送到雍和總部，分配給徒手的各縱隊和各支隊弟兄，李彌將軍希望在短期間內能把他們訓練成作戰勁旅。

在空投後不久，新裝備起來的民間武力，便開始向北推進，耿馬土司罕裕卿率領他的部下，配備一九三師朱大松連長的那一個連，向耿馬進發。羅紹文、李文煥、張國柱，率領他們的部下，直趨滄源西北的軍事要地班洪、猛定。後者很快便把兩地佔領，前者也沒有遇到太大抵抗，共軍駐防耿馬的一個營很早便撤出城垣，罕裕卿進入耿馬並沒有停下來，只號召了一千多個青年之後便行退出。這樣的，雙方以耿馬城為軍事真空地帶對峙著，一直對峙到我們再度撤出國土。

八

和罕裕卿出發的同時，葛家壁營奉令進攻岩帥。

僅僅在地圖上，看不出岩帥的重要，實際上卻是，這個和緬甸猛撒同樣的大平原和富庶的盆地，是雲南西部的重鎮，也是中國籍卡瓦族的領導中心，田興武這位被尊為岩帥王的滄源縣長，就住在岩帥，他手下擁有五個民兵大隊的精悍武力，共約三千人，成為那一帶的主要安定力量。田興武後來雖然終於反正，但在那個時候，他卻尚在猶豫，所以，一得到我們進攻的情報，他便下令民兵迎擊。

我再度的參加葛營出發，第一天晚上，抵達糯良，糯良那個小村子上的居民用一種恐慌的和懷疑的眼光注視著我們，不但問不出任何消息，也買不到任何東西，我們知道已進入充滿了敵意的卡瓦族區域，不得不加倍小心，葛營長親自執行封鎖，對凡是企圖越過警戒線離開村子的人，一律格殺。但是，那仍阻不住岩帥民兵的進攻，天剛黑下來，田興武的兩個卡瓦大隊，約一千餘人，開始攻擊。

糯良這一仗雖是一場戰史上不會提到的小型戰鬥，但我們卻飽受驚恐，卡瓦族青年的饒勇善戰，使我們初次領略，逼得我們一點一點後退，在那到處都是敵意的地區，我們只有死守住村子中心待援，可是，因為地理不熟，防備中伏，援軍必須等到天亮才能到達，我和葛家壁徹夜守在通話機旁。

「你們能支持到天亮嗎？」張復生團長在滄源問。

「我們拚命支持，拚命支持！」葛營長顫聲說。

天亮時，鄒浩修和陳顯魁的兩個營趕到，才告解圍，葛家壁對他的出師不利感到沮喪和憤怒，他發誓要消滅田興武和那些發動夜襲的叛徒，他要把戰死的弟兄們的忠骸埋到岩帥的平原上。這一點是做到了，在田興武反正後，我們把那些忠骸運到岩帥，隆重安葬。

田興武是六月二日反正的，那應歸功於一位可敬的青年朋友丁世功，他和被共產黨燒死的陸光雲一樣的膽大包天，在我這戎馬一生中，見過忠貞的人和勇敢的人是太多了，但我還沒有見過像丁世功和陸光雲那樣，他們不但是對著死亡微笑，而且是恣意玩弄死亡。在歷史上，我們常看到軍前的說客，或立功，或被殺，都淡淡的讀過去了，但在丁世功自告奮勇的前去遊說田興武的時候，我才真正的察覺到這種工作的陰森可怖，我相信我遲早是要戰死的，但我寧願戰死，寧願一粒子彈結束我，我卻沒有膽量接受在敵人談笑宴前，被澆上汽油燒死，或被一刀一刀的凌遲的那種任務，但丁世功似乎毫不在乎，當我警告他田興武可能殺他的時候，他說：

「他殺就叫他殺好了，砍頭不過碗大的疤，我對什麼狗脔的人都不在乎，我死了你們再進攻，捉住他，把他的頭懸到我的腿襠裡！」

他是那麼輕鬆，好像說的是別人而不是他自己，我們送他出門，他舉著白旗，好像去街上買撲克牌馬上就要回來大玩特玩那樣的興興頭頭。這一次，他為反攻部隊立下奇功，田興武被他說服了，並且揮軍進攻雙江，但就在那一役中，丁世功戰死在雙江城下，我們的忠烈祠中，還有他的牌位，一直到如今，我還記得他那滿不在乎的笑聲，和那雙左右都可開槍的厚厚的手。

田興武反正後，帶了很多鹿皮、牛肉之類的禮物，去雍和晉見李彌將軍，李彌將軍以雲南省政府主席的身分，加委他為滄源縣長，仍回岩帥。這位五十餘歲，彪形身材的「王」，一口流利的漢話，唯一和我們不同的是，他一年四季都赤著雙足。

田興武反正後的第四天，六月五日，就派他的一個卡瓦大隊進攻雙江，和這個卡瓦大隊配合作戰的，有我們原來的雙江縣縣長彭肇棟，和葛家壁營的一部。

在這裡，我要說明的是，所謂「葛家壁營的一部」，「一部」也者，並不是一個連兩個連，而只是幾個弟兄而已，這和罕裕卿進攻耿馬非要求配屬國軍一連不可的情形相同，完全是象徵性的壯膽作用，田興武向葛家壁營長說——

「你就是派一個人去也好，表示有國軍和我們並肩作戰，士氣就旺盛，共產黨就膽寒了！」

在雙江附近有一場戰鬥，丁世功就在那裡陣亡，卡瓦大隊的大隊長，我一時記不清他的名字了，也在那裡陣亡，但我們終於攻克雙江，彭肇棟縣長進城宣撫，號召了四五百個青年，又告退出，和耿馬的情形一樣，雙方以雙江城為軍事真空地帶，遙遙相峙。就在相峙的這個階段，由永恩出發的石炳麟，和一九三師政治部主任兼政工大隊長修子政，聯合攻克莫乃，莫乃是共產黨的瀾滄縣治所在地，這一帶已不是卡瓦族而是猓狸族了，而石炳麟正是猓狸族的土司，重回故鄉，自有一番盛況。後來我們才知道最享福的要算那些和他配合的政工大隊了，他們被敬為上賓，每天都被灌得醺醺大醉，在緬甸時連做夢都夢不到的山珍海味，大魚大肉，都蜂擁而至，使得有些弟兄不得不開始拉肚子，但卻無法拒絕他們的盛情。

這樣的，到了六月二十八日，共軍十四軍在保山結集完成，以兩師兵力向我們猛烈反攻，大局遂變。

九

這一次，也是唯一大規模的一次反攻，時間繼續了兩個月（自四月二十四日至七月八日），地方克復了四個縣（滄源、耿馬、雙江、瀾滄），但在這四個縣中，實際上耿馬和雙江並沒有駐防進去，如果再分析的話，耿馬、雙江、瀾滄三個縣都用民間武力克復，國軍自己克復的不過一個滄源而已。

但這不能責怪我們，我早就感覺到把反攻大任交給我們這一千多個，名義上是一個師，實際上只不過一個團的弟兄們的肩上，那擔子是太重了，我們這些營養不足的孤兒是挑不起來的。尤其是加上南梯隊的敗退，他們把司令部設在緬甸的猛研，高級將領們舒適的遙遙指揮著進入國境的弟兄去和共軍拚殺，和當初他們把總部設在曼谷的豪華旅館裡的作風一樣，派頭是夠了，但力量卻用到別的上面去了，一個最大的牽制就此消失。這使我們想到諸葛亮《隆中對策》上所提到的計劃——荊州和四川同時北伐，結果關羽急躁，軍敗身死，兩輪失其一，兩翼也失其一，使得諸葛亮不得不只提一旅孤軍作戰，結果雖六出祁山，仍不能成功。假使南梯隊能迅速克攻南嶠、車里、恐怕又是一個局面，歷史上若干事是往往重演的，徒使我們這些有責無權的人，相對嘆息！同時原來計劃將投奔自由的兩萬以上的青年們，加以迅速而嚴格的訓練，使成為戰士，因為時間的倉促，也沒有完成，假使能夠完成的話，我們的兩萬大軍該是怎麼樣的一個力量？

然而，「假使」的太多了，我們終於被迫再度退出祖國，我們的收穫只是接受了相當數量的武器彈藥，和號召出兩萬多青年參加戰鬥行列。

共軍十四軍軍長李成芳，親率他的兩個師：四十一師師長查玉昇，四十二師師長廖永洲，分兵三路，從保山出發，向我們反攻，一路攻雙江，一路攻耿馬，另一路是他們的主力，迂迴班洪，包抄滄源的退路。

共軍開始反攻是六月二十八日，耿馬城下的罕裕卿部隊迅速的退回滄源，雙江城下的卡瓦大隊也迅速的退回向岩帥，葛家璧營長接到緊急命令，叫他除留下一個連固守外，其他部隊立向滄源增援，而這時，共軍主力已擊潰了羅紹文支隊。七月一日，猛定失守。七月二日，班定失守。七月三日，甫景雲支隊敗散。七月五日，共軍三路大軍在滄源合圍，展開了一場自入國土以來最慘烈的戰鬥，事後我才知道，我們在山頭上修築得堅固如鐵的工事，到最後毫無用處，共軍人海戰術使戰士們陷於昏迷，滿山遍野的，全是螞蟻般的「人民解放軍」，他們一面前進，一面高呼著——

「弟兄們，我們不要打死你，我們都是中國人！」

「投降吧，你們已經絕望！」

「國民黨官長朋友，你們為誰犧牲呢，放下武器，快放下武器，保證你們原官原職！」

「陣前起義是有功的，我原在二十六軍當兵，現在是排長啦！」

「你真忍心丟下你的父母妻子兒女，為國民黨去死！」

各式各樣的心戰呼喊，和蜂擁而上的人海，弟兄們把機關槍筒都打紅了，甚至屍首堆積的已堵住槍眼，仍擋不住共軍的猛撲，但那時葛家壁營還沒有趕到，如果撤退的話，葛營會正撞進共軍的懷抱，李國輝將軍下令逐街抵抗。到了七月七日，共軍已攻進指揮部。七月八日，葛家壁抵達雍和。李國輝將軍命令撤退，可是，命令已不能傳達，傳令排派出又折回，折回又派出，張復生團長親率陳顯魁的一個營在山頭掩護，陷入重重包圍，無法通知他下來。

「我們不能丟下他們！」李國輝將軍大叫。

結果是寧輝排長達成任務，他率領他的武裝齊備的傳令排弟兄，殺開一條血路，到達山頭，張復生團長才能在拂曉前突圍。

我是留在岩帥的，葛家壁營長留下了我，副營長劉揚，連長莫順理，和一連的弟兄，他向滄源增援去後，我和莫順理連長視察山口工事，陡然間感覺到一陣淒涼，我發現我們這一連弟兄在這個人心慌慌的廣大盆地上，像是大海裡一葉隨時都可以覆滅的扁舟，情報報告說，共軍約三千人的兵力正由雙江南下，滄源之戰的結果也早在意料中，田興武眼光中射出對我們兵力薄弱的怨恨，我幾乎不敢見他，他在反正的時候，曾把五個共幹的頭懸在高竿上，他以為我們能庇護他，現在他似乎已經看出我們無此力量了。

七月五日，和猛攻滄源同時，共軍猛攻岩帥，一經接觸我們便感不支，強烈的火力像巨傘一樣的籠罩山口，莫順理連長瘋子似的在被砲火震動得要崩裂了的石洞走來走去。

「我們怎麼辦？我們怎麼辦？」

是的，我們怎麼辦？援軍不會有的，而子彈終於會打光，我和劉揚副營長簡直呆住，我承認我那時想到的一些事情都不足以告人，每一響較近的槍聲都使我心跳，我把手槍的保險機扳開，一想起被俘後的羞辱和苦刑，我都發抖，而我真正的求仁得仁，戰死在自己國土之上了！政芬和孩子們都在萬里外的異國，日夜盼我歸來，將來，我的伙伴們永遠不會告訴她我的生死，像我們對其他死者的家屬一樣，祭君疑君在，她將一直懷著一顆不絕望的心，但是，我擔心她的生活，我是死了，誰會照顧她？霎時間我懊悔我不該不去台灣，我不該不改行經商，我不知道我死在滇西邊陲岩帥的一個石洞裡，對國家民族有什麼貢獻？有什麼代價？

快到中午時，大霧瀰漫，情報報告說——

「岩帥王已率部撤退！」

這使得我們更六神無主，莫順理連長號叫著，「我們只好也撤！」但是，第一排的狐穴密佈在山頭，共軍火力似海，卻是撤不下來了，當一連串三個傳令的弟兄一去不回，戰死山口的時候，莫順理連長把頭埋到手臂裡，痛哭起來。

一〇

在這裡，我想告訴你孤軍的淵源，這對於你了解孤軍官兵的下場將會有很大的幫助，而我說出來，使我這塊久久積鬱的心情，也能得到傾瀉後的寧貼。李國輝將軍所率領的七〇九團，是民國初年雄據河南，被　國父孫中山先生親口賜名為「建國軍」的范鍾秀部隊，所以孤軍裡面，上自最高長官，下至士兵炊事，差不多都是中原健兒，後來范鍾秀加入閻馮集團，在許昌戰死，部隊經郜子舉將軍接收整頓，編過剿匪大隊，也編過其他師團，最後併入第八軍，改為七〇九團，官長們多半是行伍出身，頂多也是在當了官之後再被調受訓，這些終身躍馬沙場的弟兄，既沒有派系，又沒有背景，而問題就發生在這上面，沒有人事關係的人，雖然你把血和淚為國流枯，也沒有什麼人惋惜的。我們這些伙伴，戰死的戰死，沒有戰死的，像張復生團長吧，聽說他在台中壓麵條營生，我真不忍想到一個滿身傷疤的憔悴英雄，天天卑屈的和顧客們爭論一斤多少錢，這是我們大多數人的結局，然而，我們已經心滿意足了。

啊，我主要的意思不是這些，我是想告訴你，我們這些轉戰萬里的孤軍，雖沒有響亮的口號，喊在嘴邊，但我們義薄千秋。李國輝將軍一定要等到葛家壁營到達雍和才肯撤退，便是如此。而現在，當我們在岩帥被圍，決定要撤而撤不下，也是如此。我看到太多的將軍在生死關頭拋下他那相依為命的部下，倉促逃走，等到發現平安無事，再鑽營歸來，還厚顏的說他的走是奉有命令，他們都是有辦法的人，他們永遠是有官有勢，永遠領導我們的。而我們，這支孤軍所以能屹立不搖，那是即令在最危急的時候，我們都不出賣我們的朋友，都不背棄我們的弟兄。

第一排既撤不下來，第二、三排不肯先撤，莫順理連長也不肯命令他們先撤，要死死在一起，劉揚副營長霍的站起來，說他要親自傳令，莫順理連長不答應，但他已奪門而出了。

然而，敵前撤退使我們這一連潰不成軍，第一排在熾烈的砲火下，一經後撤，共軍便衝下來，雙方膠著在一起，火力歸於無用，第二三排也加入戰鬥，我和莫順理連長各持一挺卡賓槍且戰且走。幸虧，那一天又是大霧，這和大水塘那一夜的大霧一樣，救了我們，使我們只要離開敵人兩步之外，便無影無蹤，我們三位長官在另一個山口把守，迎接陸續退下來的弟兄。大概一個小時後，我發現我成了單獨的一個人，大霧如墨，遠處只有零落的槍聲，和低低的人語，莫順理連長不知到那裡去了，任何人走出兩步之外都會像被地球吞沒了似的消失，而互相間又不能大聲呼喚，我只好向崖下摸索，那正是向紹興撤退的山徑，就在這時候，誰也料不到，共軍已啣尾追至，他們的先頭部隊在大霧掩護下，也進入山徑，雙方面的士兵混亂雜在一起，只是誰也看不見誰，誰也不認識誰。

我永遠記得一個叫郭永年的有趣弟兄，這位滿口河南方言，後來在緬境戰死的大漢，我是在山徑旁邊休息時幾乎誤坐到他身上的，他實在太累了，我們兩個默默的蹲在一棵樹後，聆聽著腳步聲向西延伸，他悲哀的說：

「官長，你有沒有煙？」

「在大霧裡吸煙，你真是一個好靶子了。」

「死了也不比發癮難受。」

我沒有給他煙，因為我是不吸煙的，我拉著他，並肩前進，有一個伙伴，便覺得心情平安多了，然而，這位郭永年弟兄的趣事就在後半夜發生，當我們再繼續前行一個鐘頭的時候，忽然後面一隻大手抓住他的領子。

「你是那一部的？」那人問。

「我操你媽，」他扭頭大罵，「你不嫌累嗎，老子是人民解放軍。」

問話的人口音是陌生的，我剛要制止他罵，他已罵出了，等到兩人面對面的時候，那人帽子上的紅星像血一樣的使他一跳，這時候，聽到他罵聲的莫順理連長在左方的大霧裡大叫：

「郭永年，快到我這裡！」

郭永年的「人民解放軍」幾個字使那個共軍一呆，等他一呆過後，郭永年的卡賓槍已射中他的胸膛，但莫順理連長的掩護顯然救不了我們，郭永年一響槍聲馬上召來雨一樣的射擊，我向後倒退一步，想不到下邊便是萬丈懸岩，我像一塊滾動的石頭一樣滾了下去，昏厥在那谷底。

二

等到我醒來的時候，天已大亮，雖是七月間最炎熱的天氣，谷底陰森冷冽，卻凍得我發抖，陽光在插入天際的峰頭照耀，混身骨頭像全折斷了似的痛起來，用手摸一下前額，抹下的卻是一手濕膩的鮮血，心裡陡的害怕起來，一種即將葬身谷底的恐懼襲擊著。我站起來，向我認定是往紹興的那個方向走去，然而，卻一直等到一聲巨喝，在我身後爆起，我才發現竟是向岩帥走回去。

「不准動！」

我聽到這一聲巨喝，還沒有來得及判斷是怎麼回事，一槍托已經猛烈的打到我腰窩上，我被打倒在地，一個人的皮鞋照我頭上猛踢。接著，我所知道的事，便是我已被帶回岩帥，在那一個月來天天被尊為上賓的大廳上，我雙手縛在背後，豬一樣的被擲到牆角，另外還有兩個也被俘虜的伙伴，後來我才知道他們名字是莊威和文展強，那叫文展強的是一位一表人才、五官端正的弟兄，給我的記憶也最深。

一個解放軍官坐在從前田興武坐的那個黑漆靠背椅上，和顏悅色的詢問我們的番號、兵力、各級官長的姓名，和撤退的路線。為了表示友善，把我們的綑綁鬆開，端上熱茶，但卻把熱茶放在距我們五尺左右的地方，我們在炎熱的天氣中已一天一夜滴水未進，那陣陣撲鼻的茶香使我們發狂，但我們回答的只有一句話：

「我們都是士兵，聽命令行事，其他不知道。」

「我沒有耐心和你們拖下去，」那解放軍官說，「吊起來打。」

他們像綁雞鴨一樣的綁住我們的雙腳，倒懸在屋樑上，一直到現在，我從不倒提雞鴨，只有被倒提過的人才會知道倒提的徹骨痛苦，全身的血液都湧到頭部，脹得腦漿都要崩裂。

「講，你們一共多少人？」

「不知道。」

皮鞭像雨點一樣落到我的背上，每一記鞭子都使我痛得大聲哀叫，我覺得我的眼珠都要爆出來了，而他們每打一鞭子便問一句，終於，文展強哭著說：

「我講，我講！」

「把他們分別帶開。」

一個小時後，我又被帶回大廳，莊威也在那裡，他是跪著，我被棍子打中腿窩，也不得不跪下來，而文展強卻和那個解放軍官面對面坐著，吃著熊脯。

「叫你們看看，」那軍官說，「我們對坦白分子不究既往，而且特別優待。」

「他是官長，」文展強指著我說，「和李國輝也是好朋友，就是他非留在岩帥和人民解放軍拚命不可的，他說他能把你們全部消滅，坦白吧，官長，我們過去被騙了，只有毛主席才可以救中國。」

決定留一連人在岩帥的既不是我，而我也從沒有說過以一連人的兵力去消滅三千勁旅那種沒有常識的話，但我只有不作聲，我和莊威面面相覷，那軍官笑了。

當天晚上，我和莊威逃走，共軍在穀場上開慶功營火會，營火沖天（滇西氣候，入夜後便冷得像冬天一樣。）使我想到元江畔的那次營火，文展強被他們眾星捧月似的包圍著，他忘記了他的俘虜身分，也忘記了他立身的大節和心靈已受到的虧損，我在窗縫中看到他用生硬的動作隨著共軍扭秧歌，在大家如狂如醉的時候，他突然喊：

「毛主席萬歲！」

大家一怔，他們想不到一個俘虜竟轉變的這麼快，但接著也是一聲喊：「毛主席萬歲！」

我雖然在黑暗中，也覺得渾身起一陣寒慄，我對最敬愛的人，讓我為他死可以，但我做不出這種肉麻的舉動，而這個時代，似乎只有文展強這種人才能無往不利，才能永遠有他偉大的前程。

在共軍的歡呼，和營火裡乾柴燃燒時發出的那種烘烘的聲音掩護下，我和莊威從房子裡溜出來，壯著那快要裂開的膽子，莊威扶著我，像扶著一個喝醉酒了的解放軍，踉蹌的向山坡走去，在沒有道路的山坡上，爬一步，息一息，終於脫離了魔掌。

然而，我們一路上也受盡了艱苦，我的頭痛得厲害，我們兩人背上的鞭痕滿佈，痛得連呼吸都感困難，尤其是午夜的風和中午的熱，沒有水，沒有飯糰，勉強支持到第二天清晨，我們仍在谷底，兩個人趴在亂石上休息時，忽然看到就在不遠的前面，有幾具骨骸，骨骸旁邊，還有幾枝木頭已經腐爛，槍管全鏽了的步槍，頭部附近，撿到幾個青天白日的帽徽。顯然的，他們是三十八年大陸撤退時迷途的國軍，在這裡凍餓而死。

這一個打擊使莊威雙手掩住面孔，我想這個山谷恐怕是走不出去了，政芬和兩個孩子，她們將再想不到我會如此下場，我拉了莊威一把，兩人並肩跪在骨骸旁邊，叩了三個頭。

「朋友啊，」我說，「我不知道你們是那一個部隊，也不知道你們是怎麼喪生的，你們為國捐軀，使我為你們落淚。如果無靈，我們二人恐怕不久便和你們一樣，如果有靈，請可憐我還有一妻兩子，遠在異域，指示一條生路，將來反攻大陸，只要我不死，千山萬水，我也要來為你們重葬骨骸。朋友，朋友，你聽到我們的呼喚嗎？」

叩頭而起，就在不遠的前面，有一股劇烈的旋風捲起，我和莊威攙扶著跟著它前進，那旋風後來變得忽隱忽現，它並不順著山谷，卻不斷在根本沒有路的山坡谷底前進。我們一面虔敬的在心裡許願禱告，一面跟著它走，結果，當我們從間道走到紹興，和滄源最後撤退的警衛營會合時，那旋風忽的不見，我和莊威再度叩頭拜謝，然而，我害怕的是，我這一生沒有機會了此再葬他們忠骸的心願。

一二

和警衛營會合後，感謝吳金銘營長，為我們找了兩個擔架，不知道是心理關係還是我們果然被打得很重，一經趴到擔架上——滿背的鞭傷使我們不能仰臥，便再也不能起來，頭上傷口似乎在發炎，我害怕裡面已生了蛆，沒有醫生，也沒有藥品。不久，我就囈語起來了，但在我陷入時昏時醒的狀態之前，我看到和我同時被擔架抬著的，還有四個受傷的共軍俘虜，我試著攀談，他們都驚恐的一句不漏的回答著，他們是死守孟角南山頭三晝夜的鄒浩修營捕捉的獵物，而共軍作戰，最大的特點是，絕不讓他們的傷兵落到我們之手，大陸上千千萬萬次戰役，人們應該還有這個記憶，而這一次我們在大包圍中撤退，還活捉到他們的傷兵，說明不是我們潰敗，而只是力量不足。

我們既撤出國境，不敢再回孟茅，恐怕緬軍生變，只好經過紹興，向正北方向落荒挺進，我雖然趴在擔架上而且神志模糊，但那一帶全是比永恩還要荒蠻的「野卡」地區，每一寨子周圍都豎著無數高桿，上面掛著一排一排使人發抖的人頭。全軍惴危危的走到第四天，到了山通那個寨子的時候，野卡阻住去路，他們有毒箭，而且還有步槍和輕機關槍。

一個完全原始的臉上刺著花紋的野蠻人，赤身露體的持著最現代的武器機關槍，真是一個荒謬的場面。他們當然打不過正式部隊，一個小時後，山通王和他屬下的所有寨子，都掛起了降伏標幟，那標幟不是白旗，而是一個頂端繫著兩根芭蕉的竹子，並且送來許多他們認為世界上最香的美味——臭牛肉，越是臭得使人連腸子都要嘔出來的牛肉，他們認為越是貴重，使得為了表示友善的弟兄們，寧願和他們作戰，怎麼也嚥不下去。

在永恩住了一個星期，開會檢討戰果，因為糧食將盡，永恩王無法供應，李彌將軍乃下令分兵——

一、李國輝將軍的一個師充實為兩個團，除了張復生團長外，姚昭也升任為五七九團的團長。（他不肯接受五七八團的番號，那和「烏七八糟」的聲音太接近了。）

二、李國輝將軍率張復生團進駐邦央。

三、石炳麟支隊和屈鴻齋支隊合組為十一縱隊，由廖蔚文將軍任縱隊司令，駐紮永恩。

四、李崇文第十三縱隊和李文煥第八縱隊，進入臘戍為目標游擊。

五、劉揚升為營長，率一營弟兄駐紮邦桑，防守南卡河。

六、甫景雲部改編為保安第一師。

七、田興武率領他部下駐守曼東。

八、李彌將軍率領姚昭團，繼續南下，返回猛撒。

一場反攻大戰，這樣淡淡的告一個結束，在以後，雖然也不斷有部隊進入國土，但都是游擊性質，甚至只是訓練性質，時間不允許我們捲土重來。投奔我們將近三萬之譜的青年，沒有訓練完成，便被迫用來抵抗緬軍，後來更被迫撤退，否則的話，現在的南中國又是誰家天下？一切都難預卜，不是嗎？這是天定？抑是人為？

因為必須療養，我跟隨著李彌將軍南下。

一三

到了猛撒，經過一場反攻大戰的士氣，雖然我們終於仍是退出國土，但平空增加了二十倍以上的兵力，使我們的士氣更加旺盛。李國輝將軍留在邦央，呂國銓將軍的南梯隊則進駐三島——一直到今天，三島仍是我們游擊隊最強大的基地，共軍和緬軍的重要包圍和屢次的猛攻，都不能把我們消滅，三島的天險使他們所擁有的現代化武器無法施展，而這個基地，便是在那個時候建立起來。

我並沒有回猛撒，而是逕行回到夜柿，經過半個月的行軍，鞭傷已大部痊癒，頭上傷口也已結痂，但因為怕鞭傷化膿，而一直沒有洗澡的緣故，渾身汗臭，使抬擔架的弟兄都得掩鼻。然而政芬不嫌骯髒的撲到我身上，兩個孩子守在榻畔，對他們的爸爸為何如此狼狽的回來，困惑而悲哀的流淚，他們的哭聲使我想到，抬回來的假如是我的屍首，他們將是怎麼一個情形。

我就躺在我那用竹子編成距地面約一尺半高的草屋裡養傷，其實，傷很快的就養好了，但渾身骨頭卻一直疼痛不已，我不知道我是不是身懷暗疾，山谷裡的兩天兩夜逃亡生活，那陰冷如冰的深夜，使我染下迄今每逢天雨便腰酸的毛病，而晚上稍微蓋的被子薄了一點，雙手便冰涼痲木，至少要暖一兩小時才能握住東西，但我總是幸運的——雖然有更幸運的人，他們有官有財，現在在台灣納福，但比較其他戰死的，或殘廢的伙伴，要好得多了。我說這話，不是有什麼不平，也不是有什麼膽怯，而是說，再大的磨難，再大的使人扼腕的嘆息，都不能減少一分我為國家、為自由而死的心，這是上天注定，連政芬，連我那可愛的孩子的生命，都不能改變我的意志，我想我是太不足取了。

丁作韶先生是我們回軍猛撒後釋放的，那是八月中旬的事，我正在家中養傷，後來才知道，當我們三萬大軍，不是嗎？人數差不多是這麼多的，浩浩蕩蕩南下的時候，緬甸總統蘇瑞泰先生為丁作韶先生舉行一次盛大的歡送大會，一方面對扣留他的「誤會」，表示歉意，一方面送他榮歸祖國，和當初把丁先生繩綑索綁到景棟大牢的情形，成一個尖銳而強烈的對照。然後，用一架總統專用的飛機，把丁先生送往臘戍。

李彌將軍得到消息後，立刻派一排馬隊前往，經過十天跋涉，把丁先生迎到猛撒。

一四

我所以這樣告訴你關於丁作韶先生的事，並不是他擁有一堆官銜，像雲南省政府秘書長，雲南總部諮議，以及什麼顧問等等，那些官銜在時過境遷之後，一文錢都不值，人們不會對一個當官的永保敬意的，但丁作韶先生那瘦削和藹的影子，卻永遠活在我們心中。在四國會議之後，他曾受到實力人物猛烈的攻擊，甚至有一個上帝使他發瘋了的我們平常最尊敬的伙伴，暴跳如雷的要槍斃丁夫人胡慶蓉女士，然而，距四國會議之後又七年了，事實證明丁先生當時的見解是多麼正確。所以，我常想到一個問題，看得遠的人往往受目光短淺的人的迫害，耶穌基督便是在這種情勢下被吊上十字架，我當然不是說丁作韶先生可以上比基督，而是說，無論是什麼形式什麼時代的悲劇，上帝總會安排一個可以挽救那場悲劇的人，問題是在，那人能不能發揮力量罷了。劉邦可以一下子對張良、韓信、蕭何三個人言聽計從，而項羽對他那唯一的范增，卻逼得他疽發於背。我們對於丁作韶先生最後的失敗，還有什麼話可說呢？如果當初能按照著他的計劃，我們現在會是一個更強大的局面，無奈機會只敲門一次，不再來了。

反攻後退回猛撒，是我們力量鼎盛時期，一個「反共大學」在猛撒成立，李彌將軍和李則芬將軍分別擔任校長和教育長，在那擁有三千人的邊區最高學府裡，分為等於六個科系的六個大隊——

①政工；②軍官；③財務；④通訊；⑤學生；⑥行政。

我用不著告訴你每個大隊學習的內容是什麼，我只提出兩點，學生隊的學生，全是從雲南隨軍撤出的青年學生，和泰國、緬甸、寮國投奔來的華僑學生，還有一部分是當地的白夷、擺族、吉倫族等強烈反緬的土著，他們和我們感情處得如兄如弟，可惜的是他們最需要我們協助的時候，我們撤退了。

軍官隊受訓的學員，固然是以部隊中下級幹部為主，但大部分卻是寮國的現役軍官，這批前後四期為數約四百餘人的接受我國短期軍事教育的軍官，現在正是他們國家和共軍作戰的國防軍的主力。

【附錄二】

鄧克保致編者函一

《自立晚報》按：本報自連載鄧克保先生〈血戰異域十一年〉後，接到不少電話和不少信件，或對鄧先生讚揚，或對鄧先生同情，也有對鄧先生抗議和怒責者，均經本報轉寄。尤以文中涉及的×××先生曾派人來社，並要求調查鄧先生地址和身分，本報曾建議其來函更正，或提出資料，以便出書時更正，但×先生均未採納，仍在報上刊登啟事，當亦轉告鄧先生，頃接鄧先生直接寄編者一函，對邊區諸事，有所解釋，但一再囑咐不要發表。經考慮結果，仍是覺得發表較好，從鄧先生來函上，讀者先生可看出一個孤臣孽子的悲憤和沉痛。

編者先生：

貴報及轉來四十多封信，以及剪報，都收到了，萬分感謝。××× 先生的啟事也收到，我非常難過在我的文中提到他，因為那一類的事在當時是太多了，假使追究起來，恐怕還有更高級的官員和他一模一樣。事實上是這樣的，他的那一團人駐防滇南，他下令他的部下死守南嶠，而他，和當時的師長×××將軍，以及一些可以查考出來，但卻一直到今天都十分有勢力的官員們，卻拋下他那同生死共患難的弟兄，走了，以致全團潰散。如果不是譚忠副團長招撫流亡，有誰管那些殘兵敗將呢，假使國防部在大敵當前的時候竟有命令調他們所有高級軍官離開，那就太不可思議，也太使人可怕了，後來，他們隨著李彌將軍重返猛撒的時候，他們的部下貼著標語，「不歡迎臨陣脫逃的×××」等等，這是幾千人目睹的事，使人心都結成一團。我告訴你這些，請千萬不要發表，因為，我剛才說過，這一類的事太多了，在那天崩地裂的時候，我們不能希望每一個人的表現都能一樣，很多人靠著「關係」得官，有「關係」便可以了，他用不著為國家效死，不久的將來，李彌將軍不是就把他們從台灣、從香港請回猛撒，做我們的長官，再度訓誡我們忠心報國嗎？我和任何人沒有恩怨，只有利心和權心使人昏迷，我求什麼利？貴報能付給我多少稿費呢，我又求什麼權？有權的人永遠是有「關係」的人。我能直率講出我心裡的話，僅只這個性格，就可看出我不是一個冀求權力的人。而在那蠻荒萬里，猛虎毒蚊，緬軍和共軍重重包圍的邊區，我可能隨時戰死，我曾說過，我不過和草木同朽而已，連一掬荒墳，都不敢奢求。

似乎是那位哲人說過，任何一個悲劇，都是當事人性格造成的。我不得不心情沉重的告訴你，舉目所及，我們所看到的，都是些結局失敗的人。記得有一天月夜，我和丁作韶先生，在沙拉的草地上，盤腿坐在那裡，談到國人的風儀，像劉邦，他不但允許韓信代理齊王，且索性封他為實缺的齊王，雖然是權術，但他恢宏氣度使韓信甘願為他死。而這種人現在不多見了，除了一個楊永泰，其他的當權人物似乎只懂得乘人之危和糟蹋人才，只懂得拚命的用力挖鑿自己的牆基。關於這些，我寫了一點點，諒已鑒及，不再多贅，（編者按：這一段未刊出！）邊區所以落得今天這個局面，似乎是這種氣質的報應，我們真是嘆息，多少血流疆場的伙伴，他們一直到死都希望能遇到值得為他們死的長官，啊！蒼天！

我想我談李國輝談得太多了，我不能不談他，他從一個政工人員，由代理團長而團長，孤軍是他帶出來的，任何寫孤軍戰史的人，不能把他抹殺，他是邊區的唯一權威，其他機關，不過是平空加到上面，不但隔膜，而且種下四國會議後那種連李彌將軍也指揮不了的非撤不可的結局。李國輝將軍有他的倔強和陷入牛角尖不可自拔的嚴重錯誤，關於這一點，也請千萬不要發表，我為他可惜。項羽當成功之後，自以為天下已定，對總是違反自己意思的范增，便翻臉無情，李國輝將軍便犯了這個毛病，他一向對丁作韶先生言聽計從，卻在最後緊要關頭，他自以為他的想法高過任何人，他自以為他的權勢便是他的智慧。啊，寫到此處，我禁不住為那千載難逢的如同閃電般逝去的往事，痛哭失聲。

我們，在這裡的伙伴，雖然距離祖國萬里，但我們什麼都知道，我們所欽慕的老長官在台北那豪華如皇宮一樣，備有冷氣暖氣的巨廈裡，和窮苦的部下全部隔絕，而聽說他的夫人每次麻將都要輸掉使我們吃驚的數目，但我們仍懷念他，我們希望我們的老長官能夠回來。人心思漢，我們一直幻想著四十一年那個盛大的局面再度出現，但他們即令回來，歷史是不是還會重演，那又難說，這是天命，抑是人為？

盼貴報不要為我擔心什麼，我說的都是事實，對一件不愉快的事，我只有保留甚至徹底掩蓋，但既經說出來，我不僅負法律上的責任，也負道義上的責任，一支孤軍用血寫下他們的史蹟，不容許有權有勢的人把功勛拉到自己的頭上，即令官場沒有是非，應有社會公論，假使連公論也沒有，我們還說什麼呢？

恕我不能像《對馬》那本書一樣，用十年的精力，用將近一千頁的巨著，描寫只有二十四小時的對馬海峽日俄之戰，我沒有時間，也沒有資料，但我心情的痛苦，卻隨著每一個字而增加。我只想說一句，在大勢已去的局面上，不可能每一個人都是沒有私心，沒有錯誤的，千萬美金不知道那裡去了，我們只是感覺到要流淚，我不知道別人如何，我的兩子已亡，我將一死報國，我盼望我的死能贖去我的罪愆。

盼望能陸續寄給我你們的報，或許我等不到看完便動身赴寮國，那裡血戰正烈，如果出單行本，我想如有對你們記者採訪有所刪改時，請許我再看一遍，再見吧。

敬祝

撰安

鄧克保百拜

第五章

中緬第二次大戰

一

在緬甸國防軍二度向我們猛攻，一場以薩爾溫江為中心的慘烈大戰發生之前，我們的游擊區域，已有台灣三倍大的面積，孤軍作為兩萬餘人大軍的主幹，我們獲得暴風雨前夕的喘息。

我想在敘述薩爾溫江大戰之前，介紹幾位伙伴，他們在那蠻荒的邊區，為國家立下汗馬功勞，他們不會重視我的介紹的，他們只是為了自由而戰，而不是為了博得令名，但我懷念他們。我不告訴你現在仍活躍在邊區的英雄，那可能涉嫌互相標榜，我只告訴你那些現在在台灣的，或是已經戰死的，他們的可歌可泣的事情。

我永遠懷念馬力壩的那唯一的女英雄楊二小姐，我還是在邦桑撤退時俯在擔架上見到她的，但她的印象卻留在我的腦海裡，隨著日月的增加，而更清晰。她那時剛從泰國購買槍械歸來，和政芬在夜柿相識，而且迅速的結拜為乾姊妹。那一天中午，我在一棵遮不住太陽的椰子樹底下，正被蒼蠅困擾，卻聽到躺滿了一地的伙伴們發出一陣歡呼，在大道上中沖天的飛塵中，一個頭上裹著紅巾的女孩子馳馬而至，她身後追隨著七八個騎著川馬的彪形大漢，跑到我們跟前時，她緊勒韁繩，那匹雪白的戰馬嘶鳴著仰起前蹄，幾乎人立起來，她向那些高叫她「二小姐」的弟兄揚鞭問——

「你們這裡有沒有鄧克保！」

我們是這樣的見了面，她跳下坐騎，就坐在石子地上向我報告政芬和孩子們的消息，她的面龐飛紅得像一張孩子的臉，兩個大眼睛，和那兩排細而小的貝殼般的牙齒，使我驀然的想起美國西部電影中那些美麗絕倫的女盜，我懷疑那山巒重疊裡的風沙和雨季後特別顯得毒烈的太陽，為什麼沒有把她曬黑，她似乎不像英雄，而像一個電影明星在拍戰爭實況電影，我把我的想法告訴她。

「我只是一個野丫頭！」她脫掉她的紅巾。

「聽妳的口音，好像是雲南人。」

「不，我是馬力壩人，馬力壩歸緬甸管。」

但她承認她是中國人，一股兄妹之情使我永遠關心她。她那嬌小身軀可以抱著馬腹奔馳百里，而且雙手可以開槍，百發百中，在我們談話時，弟兄們蜂擁四周，要求她表演給大家看，她站起來，剎那間，當兩個比人頭還大的椰子隨著槍聲在一百公尺外另一棵椰子樹上掉下來時，我們還沒有看清楚她是怎麼一回事。

這一位一年四季圍著紅頭巾，穿著美軍夾克的雙槍女郎，李彌將軍委她為獨立第三十四支隊司令，她大發脾氣，因為她手下有三百多健兒聽她指揮，她希望的是縱隊司令。民國四十一年春天，薩爾溫江大戰初起的時候，她率部從馬力壩星夜向猛撒增援，在景棟以北的叢林裡，中了緬甸的埋伏被俘，從此沒有下文，是生是死，我們不知道，而緬甸國防軍對俘虜的殘無人道，使我和我的妻子，為她作過多少祈禱。上天把這麼沉重的報國救民的大任，加到一個還沒有出嫁的弱女子肩上，使人想到法國的聖女貞德……上帝，上帝，祝福她吧。

二

史慶勳，這位河南籍的壯士，他擁有一位雲南籍美麗年輕的妻子，夫妻兩個躍馬滇邊，達五年之久。他的歷史是平凡的，曾經在五十三軍當過連長，退伍下來，在開封做過小本生意，我們不能想像一個沙場英雄會低聲下氣和顧主爭蠅頭小利，所以他賠了個淨光，在走投無路的時候，他遇到那幾乎全是河南人組成的孤軍，便帶著他的六十歲的母親，參加那充滿了鄉音的戰鬥行列，輾轉到雲南後，大軍潰敗，他和母親盲目的逃向騰衝。

在騰衝，他結識了那時才十八歲，後來成了他妻子的林永蘭，他們結識經過和小說上寫的一樣傳奇。林永蘭是房東的女兒，正在騰衝中學讀書，膽子比斗還大，可是和見了女孩子卻面紅心跳的史慶勳朝夕相遇，漸漸發生愛情——所謂愛情，史慶勳事後告訴我，只是他天天在他母親敬的佛像前跪下禱告：「我要能娶她為妻，一定為你重裝金身！」一直到他們訂婚的前夕，他沒有和她說過一句話，而在訂婚後，雙方家長鼓勵他們去照像館照相時，他的舌頭卻像被釘到下顎上一樣的怎麼也說不出一個字來。

婚後不久，共產黨便佔領騰衝，史慶勳想安安靜靜的過下去，就在萬里外的異鄉，了此一生，可是，共產黨區政府要他去登記，因為他做過國軍的軍官，他只好登記了，而且接受每天早上前往報到的約束，和接受種種訕笑譏問的羞辱。但共產黨在政策上是要消滅任何被懷疑的人的，越是忍受折磨的人，越引起他們的嚴重注意——他們想：他為什麼要忍受？是不是包藏禍心？最後一次報到時，史慶勳和一批過去在政府任過職務的人們，被關進了拘留所，林永蘭黑夜混過那些被美色迷了心的看守人員的耳目，把牢門打開，一場自共軍進入騰衝第一次囚犯暴動，和聞訊倉促起事的我方地下工作人員，配合在一起，且戰且走，向卡瓦山退去。

史慶勳和他的嬌妻就這樣的成為三百人以上戰士的首領，他自封為救國軍總司令，專殺共產黨徒。民國四十一年夏天，他一個人潛入騰衝，把他那飢寒交迫的老母背出來，獨行二百里，背到永恩，做母親的在兒子背上不斷哭泣，眼淚濕透了他的雙肩，他像安慰孩子似的安慰他的母親，因為他的母親堅持著不肯再走。

「我會連累你的，兒子，」老人涕淚橫流的說，「你快逃吧，史家靠你傳宗接代，媳婦能早生一個孫子，我死也高興了。」

「媽，妳再嚕嗦我就跳到澗裡摔死！」做兒子的恐嚇。

但是，等他再潛入騰衝太東鄉陳家村接他的岳父母時，消息走漏，一排共軍團團圍住，他和他的太太倉促應戰，掩護二老突圍，結果是二老戰死，剩下兩個人大哭著落荒逃去，在山坳那裡，回首東顧，岳家的村莊火光沖天，已被共產黨縱火焚燒。

史慶勳和他那在婚前見了槍都要發抖的妻子，都成了射擊名手，可以雙手擊中百步外搖曳的燭心，他膀臂上刺著自己的姓名，以及「反共抗俄」四個大字，和水手們驕傲他們的刺花一樣，他每殺一個共產黨，便在他背上刺下一個五星。

「你應該隱藏自己？」我常勸告他。

「大丈夫行不改名，坐不改姓，明人不做暗事！」

然而，就在薩爾溫江之戰的前夕，他和他的妻子，以及十幾個部下，在長勝村裡，被共產黨偽裝的村民們用滲有迷藥的酒灌醉，押送騰衝，在十字街頭執行槍決，他們夫妻是面對面被一槍穿過腦子的，我不知道他臨死時流過眼淚沒有。他沒有為他的母親生下一個孩子，而他們的母親，那想念兒子幾乎雙目全盲的老婆婆，雖然所有的伙伴都向她發誓，史慶勳已到台灣去了，她也相信上天不會斷絕史家的後代，但她仍是天天哭啊！她現在孤苦的住在夜柿，伙伴們都回台灣，我不知道還有誰會照顧她。

三

多數英雄，都已戰死，只有李泰興還活在人世，這大概是上帝見憐！他是在四國會議後撤退到台灣的，這一位名震滇西的傳奇人物，無論他的內心，或他的行動，都是典型的怪傑，然而，造成他那種怪傑性格的，卻是血淚的代價。和一個詩人故意蓬頭垢面不同，他不是為了怪而怪，而是慘痛的歷史使他那純孝的天性，有時候竟變成殺人魔王。

李泰興的父親早亡，留下無依無靠的母子二人，靠著給人縫紉和撿些山柴出賣度日，就在他十六歲的那一年，在鎮康趕街子上（「趕街子」，江南一帶叫「集」，黃河流域一帶叫「會」，鎮康每逢陰曆初一、十五兩天，四面八方的商旅，東邊來自昆明，西邊來自仰光，齊集鎮康，店舖林立，萬頭鑽動。）他和他自幼就在一起玩耍的女伴——我們沒有辦法稱她為「女朋友」，在那個風氣閉塞的滇西，太洋化的名詞，似乎不太符合實際；實際上李泰興和他那鄰居女孩子趕了十里夜路，在天亮前趕到鎮康，覓了一塊接近十字街口的屋簷，擺下攤子，搬出他們的商品，村上婦女們繡的枕頭及布鞋，和他母親手紡的白粗布，以及加過工，用石灰泥染成，粗陋不堪的印花布等等。和武俠小說上描繪的一樣，大約上午十點鐘左右，幾個地頭蛇眾星捧月似的捧著一位警察前來通知他，要他快一點搬走。

「我們一早佔的！」女伴抗議說。

「我的小心肝娘兒，」一個流氓說，「我一年前便佔下了。」

他們並沒有繼續調戲他的女伴，但他們卻把地攤上的東西統統摔到大街上，恁來往的人踏踐，和順手牽羊的偷去。十六歲，只能算是一個孩子，他不明白他為什麼被虐待，他向警察求援，警察卻責備他擾亂治安，他哭了，抓住一個最凶頑的人拚命，結果是可想而知的，在被暴打一頓之後，他被帶進警察局，關到第二天，他的母親由女伴扶著，趕到城裡，哭哭啼啼的向警察叩頭求請，才放了出來。

李泰興是這樣的被逼成匪，他和史慶勳一樣，背了母親，漏夜逃到緬甸，落草為寇。在當了土匪後，不到三年，那就是說，他還不到二十歲，便擁有為數四百的人槍，成為雲南一支最大的悍匪，專劫「趕街子」，被虐待的痛苦，養成他殺人不眨眼的性格，我們伙伴中沒有比李泰興殺人更多的了，那些過去欺侮他的地頭蛇全都抖成一團死在他的雙槍之下，他捉住他們，在燭火輝煌的大廳上設筵宴客，然後，縱他們逃走，在二百步之外，雙槍齊發，取他們的性命。

在反攻雲南的戰役中，他接受獨立第三十二支隊司令的番號，繼續搶劫鎮康的趕街子，但不再單純劫富濟貧了，他專搶共產黨的貿易公司，縱馬西歸時，就把戰利品分送各村窮苦的老百姓，所以他大小數百戰，從沒有一次失風。他就是魚，老百姓就是水，他每進駐一個村子，便採取共產黨當初困擾我們的那種戰術，先行封鎖，凡企圖越過封鎖線的，一律就地格殺。孟子曾經說過，唯不殺人者能統一天下，我似乎覺得，如果能正正當當的殺人，寧使一家哭不使一路哭，民心恐怕反而更會傾向於他。

李泰興是一個典型的老粗，但他有和張作霖相同的老粗的道理，他把他的部隊分為兩個梯隊，一個梯隊作戰，一個梯隊訓練；他對知識分子的尊重，超過我所知道任何文武全才的將軍，那些將軍們一旦獲得權勢，便自認為是萬能，只有李泰興知道他有許多自己所不懂的東西。

四國會議後，他背著他的老母，坐上飛機，飛往台灣，他的母親是不是健在，我不知道。求忠臣於孝子之門，我永不能忘記我眼前的英雄孝子們的塑像，而且，一直到撤退的那一天，他從沒有理過髮，和女人的頭髮一樣長的披到肩上，在他那個單純的只知道忠和孝的腦筋裡，他認為國家所以弄成這個樣子，完全是沒有「真主」的緣故，因此，他曾在佛前發誓，不遇真主不剃頭。

現在，聽說這個殺人如麻的英雄，在台灣中壢做漿糊生意。我不知道做漿糊對國家的貢獻會不會超過他在滇西游擊對國家的貢獻，但我知道，使他，以及和他類似的志士，淒苦的老死窗牖，實在是一個悲劇，國家並不擁有用不盡的人才，不是嗎？

四

我想不再用更多的篇幅介紹我們的英雄了，實際上也不允許我一一無遺的介紹，僅只戰死的伙伴們的名單，便可以厚厚的寫出一本書。他們，有些名字是三個字，有些是兩個字，在那簡單的三個字或兩個字裡面，卻含著無限熱淚。有一半以上死於毒蚊，猶如油盡燈熄，等到血被瘧菌吸枯，人也不起。有一半左右則死於緬軍和共產黨之手，子彈洞穿他們的胸膛，鮮血淹沒了他們痛苦裂開的嘴巴。我記得曾國芬父子，他們是雲南緬寧曾家壩子的人，在反攻雲南戰役中，他們盛張筵席，招待村子裡人民區政府區長以下五人，用甜言蜜語和酒把他們灌醉後，砍下頭顱，舉家奔向國軍，可是，父子二人終於陣亡在岩帥，共軍的機槍把父親的雙腿從膝蓋那裡打斷，兒子背著父親，沿著澗底向雍和那個方向狂奔，希望能趕上大軍。後來，有看到他們的弟兄告訴我，父子二人雙雙死在山口，渾身是血的靠著崖石坐著，眼珠已被鳥鼠啄去了——是共軍打死他們，還是凍餓而死，沒有人知道。

除了這些，我還可以說出更多的慘烈事蹟，那些壯士們現在都像煙雲一樣的消散，唯一留在世上的，是那位於猛撒的忠烈祠裡的一紙牌位，但四國會議後，忠烈祠拆除，牌位失散，便再也找不到他們曾經為國捐軀的痕跡。但這一切都不能使我們氣短，「人生自古誰無死，留取丹心照汗青！」我們這些百戰蠻荒的孤臣孽子，根本不可能留名史頁，也從沒有想到要留名史頁，同時，即令留名史頁，又該如何？我們只是盡到做人的本分，用我們枯瘦如柴的骨骸，奠立大多人幸福的基礎，然而往往事與願違，生離死別，葬身異域，已使我們聽到深夜鬼哭，而戰果竟被人摘去，弄到目前這種境地，我似乎聽到他們的哭聲更加悲切。

我在家裡休養了三個月之久，鞭傷才告痊癒，本來用不著三個月之久的，但傷口普遍化膿，而醫藥又十分缺乏，政芬每天只有煮一盆滾水，涼冷後為我洗滌，孩子們隨著媽媽守在床前，六隻茫然的眼睛望著我紅腫的背，深恐怕潰爛會穿入肺部，有時候，當我們有錢的時候，政芬便去買一點紅藥水為我塗擦。後來伙伴們在他們那每月可憐的兩個老盾薪餉中抽出一部分捐給我，才正式延請醫生治療。

我痊癒後，便決心再湊錢為安岱看病，孩子的笑容永遠不斷，但她那大而圓的眸子卻不能靈活的轉動，她不太會玩，因此她的哥哥安國也不喜歡和她玩，她只孤單的傍著椰子樹，看她的哥哥和鄰居的華僑孩子們追逐，一站便是幾個小時，從不歡叫，也從不哭號。我隔著竹窗看過去，看見她無知無識的，得意的吮著小手，口水順著肥胖的手腕流下來，我忍不住狂奔過去，把她抱到懷裡，吻她，親她，眼淚灑滿了她那傻笑的面龐，如果能用我的心換取她的聰明，我願把心挖出來，我願為我的女兒死，願為我的女兒做任何事情，只要能使她恢復往日的伶俐。

在薩爾溫江大戰前三個月，我們終於前往曼谷求醫，我和政芬，她拉著安國，我抱著安岱，從夜柿乘長途汽車去清邁，轉乘火車去曼谷，我們坐的是頭等車廂，這並不是我們有錢，而是，頭等車廂的乘客最容易受到尊重，我們是中國人，卻沒有中國護照，必須藉著頭等車廂的聲勢才能安全通過。在車子輕微的震盪中，眼前逐漸展開蒼茫的平原，極目所至，全是稻田，風吹禾動，像是無涯的浪波，向鐵路線洶湧而來，使我回到我那千里青青的夢中家園，政芬端坐在那天鵝絨的、足可以把身子全部吞沒的巨大沙發裡，不自然的搓著她那滿是裂紋的手指。

「我要喚回我當年的記憶，」她激動的說，「可是已喚不回來了，多少日子的蠻荒逃亡，使我忘記自己。」

安國最為興奮，他對每一件事物——包括前進著的車廂，嗚嗚的車頭，塗蠟的地板，以及我們身上穿的竭盡力量購置的新衣服，和雖然太陽高照、卻有點微涼的頭等車上的冷氣，他不斷的向我和他媽媽問長問短。只有安岱憨憨地笑著，我當時的心情很好，我以為馬上就可以把她醫治痊癒。

「孩子病好後，」政芬畏怯的提議說，「我們也住在曼谷吧！」

我正在猶豫怎麼回答，政芬接著嚴肅的說：

「他們的眷屬都是住在曼谷的。」

但是，到了後來，她卻自動的提出重返夜柿。曼谷是一個好地方，高級官員的眷屬都住在那裡，然而，就在那裡，我隱約的察覺到非親臨其境便無法察覺到的不祥的陰影。

五

曼谷，和世界上任何一個濱海的大都市一樣，熱鬧、喧譁、人潮澎湃，到處都是使我和政芬昏眩的汽車和摩天樓。我們的補給——國防部發給的實際上超過我們實有人數的薪餉彈藥，和那每月七萬五千美金的巨額現款或物資，都以曼谷為轉運點，而共產黨的間諜人員也以曼谷為重站，這些因素促成這個泰國首都畸形的繁榮，雲南總部辦事處的官員們自然的成為一擲千金毫無吝色的時代寵兒。我和政芬相形見絀的住在一家名叫客陞的，華僑開的，專收容板車夫和象童的三等旅館，第二天，去辦事處報到，當天下午，便帶著安岱去看醫生。

我和李國輝將軍夫婦是一個星期後相遇的，就是這一次的相遇，使我察覺到我上邊所說的那個陰影。李國輝將軍於五個月前把他的太太唐與鳳女士送到曼谷後，便飛台灣受訓去了，他走的時候，他的眷屬還沒有安頓好，等到他受訓歸來，也就是我和他們夫婦相遇的那一天，他發現他的妻子和仍在襁褓的孩子，被人像堆垃圾似的堆到兩棟巨廈之間的一間小木屋中，而那兩棟新購的巨廈——左邊那一棟的主人是李彌將軍夫人的弟弟龍昌華，右邊那一棟的主人是李彌將軍夫人的姊丈熊伯谷，李彌將軍夫婦就住在名義上是內弟龍昌華為主人的那棟富麗堂皇的巨廈裡。

唐與鳳女士用含著哀怨恚恨的眼睛，望著她那土包子的丈夫，一句一句回答他的詢問。

「李彌將軍來看過妳們母子嗎？」

「沒有。」

「他們邀請過妳們母子嗎？」

「沒有。」

「有人來探望過妳們母子嗎？」

「沒有。」

「妳們有錢嗎？」

「沒有。」兩行淚珠順著她的面頰流下了。

事實上唐與鳳女士在曼谷過的是一種孤寂的日子，她和我們一樣，被繁華把她嚇昏了，能住進一間木屋，已是求之不得，但是，兩邊巨廈的金碧輝煌，男人們的風度翩翩，和女人們的雍容華貴以及辦事處官員因她沒有「見過世面」而對她的輕蔑，使她的心都碎了，她絮絮的向她的丈夫說個不停，像李彌將軍夫人和她面對面碰見不屑和她打招呼啦！像她想搬一個較為不潮濕的地方而辦事處的官員推說沒有錢啦！像每次借錢，都要再三請託才能打折扣批下來啦！等等等等，我側耳聽著，每一個字都不遺漏，我注意著李國輝將軍臉上的表情。

那一天晚上，大家的心情很是憂鬱，第二天晚上，我又到那裡，他們夫婦在院子裡小凳子上坐著，李國輝將軍袒胸露背的揮著芭蕉扇，送過來撲鼻的酒味。

「克保兄，」他說，「那些大官和貴夫人們在皇家酒店為我設宴洗塵，我沒有去。」

「你應該去的。」

「我不去，」他冷笑說，「我自己也有老酒，」他霍的站起來，用芭蕉扇向左右指著，淒涼的說，「你看，克保兄，這兩棟大廈，是我們孤軍的血和美國鈔票蓋成的。」

「閉嘴，你要死！」他太太喊。

「我要問那些美金，和那些在滄源空投的槍械那裡去了！」

我上去摀住他的嘴巴，李太太哭哭啼啼的把他拖回那悶熱得像蒸籠一樣的木屋，我上街去買了五銖的冰塊壓到他頭上，剛要告辭的時候，一批我不大熟習的辦事處的官員擁進來，說大家已等了很久，非請他去一趟不可。結果是，我被拉去充數，在那被白衣侍者拱繞著的、地板光滑得像玻璃一樣的大廳上，有十幾桌筵席擺在那裡，我幾乎是唯一的在邊區作過戰的軍官，但光榮卻分屬大家，華僑小姐和泰國小姐都用充滿了崇敬的眼光向大家敬酒，接著是一個舞會。我一個人躲在牆角，一杯一杯的喝著冰水，「壯士軍前半死生，美人帳下猶歌舞」，趁人不注意的時候，走出大廳，在門口，那彈簧門幾乎把我擊倒，我迅速的逃了出去，在湄公河堤岸上，望著那滿江畫舫，深吸了一口氣，我發現我已不能適應這個世界。

回到客陞旅社，政芬已把孩子們的蚊帳放下，我們默默相對著，半天，她猝然說：

「我們還是回夜柿吧！」

「為什麼？妳說過要住下的。」

「我們住不起，克保，」她嗚咽說，「你也知道我們住不起，我不使你為難，我們回去吧。」

我們是和李國輝將軍一起回去的，在迴旋金蓮步、歌舞玉堂春的太平世界的另一個邊際，我和政芬，抱著病兒，重新回到蠻荒，回到伙伴們的行列裡，迎接不久即行爆發的薩爾溫江大戰。當火車轆轆的離開曼谷北上的時候，我彷彿覺得做了一場夢，然而，那夢卻有無限的真實，和無限的沉重。

六

我回到夜柿，已是民國四十二年的春盡，在已經獲得年餘安定的中緬邊區，表面上顯得平安無事，我到猛撒總部報到，只有寥若晨星的幾個低級軍官在那裡，身負重責大任的處長級軍官們都在曼谷。我到副官處坐了一會，吸了一根煙，辦公桌上鋪著一層在那廣大盆地中不容易聚集起來的灰塵，我又到我過去住過的竹寮裡張望，一個人正在蚊帳裡呼呼大睡。想去反共大學看看有什麼朋友在那裡，走到門口，遇見郭全，從這位警衛營的排長口中，知道副總指揮李則芬將軍，和李則芬將軍的老師，也是總部參謀長杜顯信將軍，還在猛撤。

「他們為什麼不去曼谷？」我喊。

郭排長困惑的望著我，我只好不自然的向他笑笑，感謝上蒼，當薩爾溫江大戰初起，孤軍幾乎全軍覆沒之際，李彌將軍飛返台灣，其他高級官員都去了泰國和香港，幸虧有李則芬將軍和我們全軍衷心信託的杜顯信將軍，親率援軍增援拉牛山。寫到這裡，我有說不出的積鬱和憂傷，我們真正是一個沒有親生父親的孤兒，在最需要扶持的時候，每一次都遭到悲慘的遺棄。

通訊連轉來政芬的電報，告訴安岱的噩耗，我續了一個星期的假，租到一匹馬幫的川馬，星夜趕回夜柿。可憐的安岱，她連父母給她的雙倍的憐愛，都無福享受，自從曼谷回來，因為借貸太多，每月付租金不是長久之計，便搬到匹科居住，匹科位置在國境河邊，幾個兄弟幫我們搭了一座三間大的草房，誰也想不到，這三間草房，竟成為我那小女兒葬身之所。

因為住地偏僻，孩子們找不到同伴，做哥哥的又萬分不願意和妹妹遊戲，因為他的妹妹是太傻了，做哥哥的年齡還小，還不知道妹妹是個白癡，他只嫌她呆笨。一吃過飯，安國瘋了一樣往市區奔去，妹妹就啼啼哭哭地跟著，每次都被政芬苦苦的哄住。只有那一次，她那拙笨的小腦筋使她溜開母親的視線，向她的哥哥追去，等到母親發覺情形有異，喊叫著也追上去的時候，她的小身軀已橫躺在路旁，小腿上血流如注，是毒蛇咬了她，還是被樹枝刺破，破傷風菌傳染進去，還是其他什麼，一直到今天，我們都不知道。孩子死得那麼快，政芬把她抱到家，剛放在床上，她的小眼睛已經閉上了，沒有一句聲音留下來，似乎是她到死都怨恨她的無能父母，生下她卻不能養她長大成人。

我趕回夜柿的時候，孩子屍體已發出臭味，我把她抱在懷裡，哭不出眼淚，我用舌頭舔她那癡呆的小臉，她連一聲傻笑都不會回答了。

就在茅屋旁邊，我為她砌了一個墳，豎了一塊小小的墓碑，上面刻著，「中國游擊戰士之女鄧安岱小姑娘之墓」。去年，當我奉命去淡棉加運輸給養，我還特地潛赴她那小小的墓前，哭喚幾聲，經過五年的風吹雨打，茅屋已頹，只有那塊石碑還矗立在那裡。我不知道她那無知的靈魂，會不會聽到我的聲音。而現在，又是一年過去，也不知那墳是否無恙，我每天幻想著有一天重返故土，縱隔千山萬水，我也要把她的小小骨骸，運回我的祖塋，使她永依在父母身旁，不再害怕孤獨。

為了安岱的死，我們舉家搬到猛撒，政芬和我都不是迷信的人，但我們仍到華僑舖子裡買了很多紙帛錢焚化，我還給孩子寫了一封長信，使她在冥冥中長大後，能記得做父親的無限恨悔，然後，在政芬大哭聲中，我們走了。

七

緬甸國防軍發動第二次攻擊，是一個空前強大的軍事行動，動員了一萬人以上的精銳兵力，在這裡，我們應該了解的是，一萬人的兵力在緬甸是一個相當沉重的負荷，他們那時的全部國防軍，包括海陸空勤，也不過兩萬餘人，顯然的對我們欲得之而甘心的。

一萬人的緬甸軍中，有七千人至八千人是驃悍善戰的欽族，第二次世界大戰時日軍在緬甸便吃盡欽族的苦頭，他們受過森林作戰和山岳作戰雙重訓練，身負輕機槍能像壁虎一樣的爬上斷崖，而且全是英式配備。另有三千至四千人，是比欽族更驃悍，更善戰，更令人驚愕的國際兵團，以印度人為主，受僱於緬甸軍部，約定他們行軍一天多少錢，打死一個中國士兵多少錢，和打死一個中國軍官多少錢，重利之下，把那些濃鬚黑臉的印度人誘惑得像瘋狂一樣的凶猛，多少負傷的弟兄，本來生還有望，卻都慘死在他們的刺刀之下。對這種和盜匪無異的殘無人道的暴徒，等到孤軍在拉牛山最後反攻的時候，幾乎一半弟兄喪生在他們之手的鄒浩修營長，下令不准接受他們的投降，用槍托逐個的擊碎他們的頭顱，來為那些戰死的伙伴復仇。

緬軍的攻勢於四十二年五月二十一日開始，距我到猛撒不過十天。我記得最清楚的是，那一天早上，天氣轉陰，濃雲沉厚的佈在天際，像隨時會崩塌下來，政芬要到郊外去採野菜，我勸她不要去了，安國漸大，學業卻一直被父母荒廢，識字寥寥無幾，無法進當地華僑小學，我建議她應好好教他。

「我們明天便沒有菜了，」她說，「如果下兩天雨，該怎麼辦？」

「明天再說吧，政芬，誰知道明天會發生什麼事，或許我們會死。」

「你胡說。」

「我可以從辦公室溜出去挖一點，」我說，「妳還是教孩子吧，我們不能使他成為文盲，我常常的想到他的前途，我要他比我們強，我不知道他長大了怎麼樣去做就可以比我們強，我和妳，政芬，都是失敗者，我們的為人做事，都不足孩子效法，我只有祝福他，祝福他！」

這是我們對孩子的事情最後一次談話，就在這時候，郭全排長暴風一樣的闖進來。

「杜顯信將軍請你！」他喘氣說。

「為什麼你親自來？傳令兵呢？」

「快走，請你一分鐘也不要停。」

在杜將軍處，我得到大戰已起的消息，派我率領當時在猛撒所可能動員的兵力——只有不到兩個連，還是七拼八湊，官兵互相間都不熟悉的部隊，向薩爾溫江增援，鄒浩修營長率領的兩個連在緬軍的猛烈火力下於拂曉接觸後已向江口撤退，緬軍卻正向那裡迂迴，如果江口失守，鄒營長受到前後夾擊，勢必覆沒。而猛撒，這個總部所在地只有郭全的一個排拱衛，緬甸如果急行軍前進，可以用如入無人之境的速度，二十四小時內予以佔領，如果他們再以一部分的兵力向大其力迂迴，我們便成為甕中之鱉，全部被俘，或全部被殺了。

我前面說過，邊區的游擊縱隊和游擊支隊是很多的，但他們迄未能訓練成為勁旅，至於為什麼他們不能成為勁旅，說起來使人扼腕，我想我還是不談它吧，不過不管什麼原因，他們迄未能成為勁旅，卻是事實。而李國輝將軍的孤軍，始終是唯一的主力，這主力，在大家都以為天下太平時，自然受不到重視，弟兄們仍是每月兩個老盾——連付給皇家飯店門口那個為你開門的侍者小賬，都會被輕蔑的拒絕，但在變動的時候，卻完全要靠這一支可憐的孤軍，底定大局。

然而，半年前從緬北猛央調回猛布駐守的孤軍，因糧食不繼，復派張復生團長率領他七〇九團再返緬北，向各土司催糧，因此，在猛布那裡，也和猛撒一樣的空虛，只剩下九十三師的師部和一個師部連，官兵合計起來不到四百人；而緬軍很顯然的趨勢是，渡過薩爾溫江後，分兵兩路，一路進攻猛撒，一路進攻猛布——事後證明杜顯信將軍判斷正確。

所以我們一開始便立於無法應戰的窘境，鄒浩修營長在猛畔的一個營，實際上只有兩個連，另一個連駐拉牛山，駐猛畔的兩個連正在敗退中，即令搶先到達江口，再加上駐拉牛山的一連也增援上去，我們也不能相信一個營——只有五百人，能抵抗住緬甸一萬人以上的精銳國防軍，而我率領的兩百個老弱或剛出醫院的戰士，百里馳援，不僅僅是強弩之末，也是一場飛蛾撲火。想到這裡我便痛徹心腑。

我沒有再回到家便立即出發，政芬聞訊，踉蹌的趕來，拉著安國，把安國推到我的懷裡，淚如雨下……她聽不得作戰，六年來的浴血苦鬥，使她一聽到作戰都渾身發抖，是的，兵凶戰危，誰敢保證槍彈不洞穿肺胸。

我撫著緊抱著我雙腿的安國的背，汗津津的，我不能用空話安慰她們母子，我只能咬緊牙關擘開孩子的手。

「政芬，」我說，「挖野菜去吧，天恐怕要下雨，記住，我如果戰死，不要收我的屍首，趁妳年紀還輕，早一點結婚，政芬，原諒我，我這是真話。」

政芬不像一個出征英雄的妻子，她拭不乾她的眼淚，坐在地上飲泣，安國追在我的身後，不斷嘶啞叫——

「爸爸，爸爸！」

但我終於走了，我也不像一個出征的英雄。走到盆地邊緣，開始進入叢山的時候，天已中午，濃雲仍重，我看看弟兄們腳上的草鞋，和那瘦得像麻稈一樣的雙腿，一個弟兄倒下去，他是瘧疾發了，大家沒有理他，繼續前進，知道他會趕上來的。

八

在猛撒土司指派的嚮導帶領之下，我們這支兩百人的援軍，向江口急進，多少次，我腦筋裡都浮出弟兄們被圍江口，遭受緬軍屠殺的慘景。這不是在國內和共黨作戰，戰敗後可以化裝老百姓，混在難民群中逃走。這是在異國，戰敗了只有死，我知道我們這兩百人即令趕到，投入火海，也無濟於事，但我們不能眼睜睜的看著他們覆沒，任何人都可以在重要關頭遺棄我們，我們自己卻不能遺棄我們自己。一路上，斷崖重重，每條澗水都密佈著螞蝗，身體不支的人只有留在半途。入夜以後，那東南亞深山中特有的，白天酷熱到百度以上，天一黑下，卻立刻降低到零度以下的氣候，使我們一面行軍，一面不斷觳觫，天上沒有星，也沒有月，我們不敢點燃火把，恐怕萬一江口軍敗，緬軍可能從這條小路進襲猛撒，火把將供給敵人射擊目標，我們手拉著手，在那跌下去便碎骨粉身的斷崖上摸索前進。疲倦、寒冷和對戰局的恐慌焦急，陣陣的襲擊著我們，沒有一個人知道江口已發生了什麼事，元江大橋那絕望的景象，我們曾經努力去忘掉它的，現在又升到眼前，這不是太相似的局勢了嗎，我要了一枝紙煙想試著吸一口，結果又把它擲掉，一星火光都可能引來巨大不幸，我只好把腰皮帶束得緊緊的，不去想得太多。

第二天下午，在我們急行軍整整二十四個小時後，到達江口，江口沒有失守，但爭奪戰已經爆發。後來我才知道，緬軍約一個團的兵力果然向江口迂迴，以猛烈的火力進攻，想把那一個連一舉消滅，卻想不到孤軍在受過無數血的教訓之後，已學會了如何的迅速脫離敵人。鄒浩修營長自猛畔後撤時，由彭少安連長擔任先頭部隊，以每小時二十四華里到三十華里的跑步速度，向江口撤退，把所有的緬軍截擊部隊撇在身後，當一團敵人猛攻江口的同時，彭少安恰好啣著緬軍後衛的尾巴趕到，在那一瞬間的短短時間內，形勢大變，變成緬軍陷於我們的夾擊之中。守江口的李南階連長看到信號後下令反攻，緬軍只好狼狽後撤，彭少安立刻迎接後面鄒浩修營長率領的部隊進入陣地，剛剛進入陣地，緬軍援軍已至，重新合圍，那真是使人回想起來心跳的一瞬間，只要有十分鐘，甚至五分鐘的遲緩，都會全軍覆沒。

我渡江和鄒營長會晤的時候，他正憑著工事，用望遠鏡眺望，陣地上沒有一點聲息，氣壓低得使人吐不出氣，很久很久，他把望遠鏡遞給我——

「蒼天，你看！」

在望遠鏡中，我看到山麓那裡，有三四個緬軍正在那裡用刺刀屠殺我們的傷兵，那些為國身負重傷、落伍下來而被俘的弟兄，他們的哀號聲我們聽不見，但他們有的在狂奔，有的在刺刀下絕望的掙扎，狂奔的被截回去，在刺刀下掙扎的終於不掙扎了。我默默的把望遠鏡放下，抬起頭，鄒營長已把臉轉過去，他怕我看見他那奪眶而出的淚水。

就在這一剎那，山頭上傳出攻擊軍號，那慘厲的號音逐次的一個山頭一個山頭響起，鄒營長一直凝視著前方，我不知道應該怎麼才好，從號音分佈的地區上，可以推測緬軍的人數總在一萬以上，身經百戰的弟兄們都知道這一點，用不著詢問，從他們焦黃無語的臉上可以看出他們的恐懼。

緬軍的攻擊在號音停止後開始，先是疏落的槍聲，接著便有重機槍迫擊砲參加，再接著便是衝鋒號起，那些驃悍的欽族士兵和凶殘成性的國際兵團在衝鋒號音下，如醉如狂的向我們陣地猛撲，這一次緬軍比上一次大戰要強勁百倍，無論素質和武器，都使孤軍震驚，不久鐵絲網就被衝開一道約五十公尺寬的缺口，鄒浩修營長在無線電中向猛撤總部請示行止。

「死守！」回電說。

然而，緬軍的攻勢更趨猛烈，從當天下午，到第三天中午，攻擊沒有停止，他們輪流著休息，每隔三個小時到四個小時，便有一次山崩地裂使人心悸的衝鋒，而我們卻不能換班，不能休息，鐵絲網已被夷平，和第二線碉堡聯絡的交通壕半數摧毀，尤其是，到了第三天下午，緬軍一〇五榴彈砲進入陣地。

要知道，江口的工事做的非常堅固，用泥沙和巨木築成的碉堡、掩體，和曲折迴繞的交通壕，比鋼骨水泥還要結實，而且比鋼骨水泥還要耐得住震動，可是，巨砲砲彈擊中那普通砲火永遠攻不陷的碉堡和掩體，卻像一塊巨石擊中一顆雞蛋，轟然間就化成一堆雜著弟兄們血肉的碎片，加以殺傷力強，逼得弟兄們頭都抬不起來，恐怖像魔爪一樣抓住大家，軍心開始動搖。鄒浩修營長向總部請援，回電是稍待，再請求撤退，回電仍是死守。

「我們只有死在這裡，」鄒營長悲切的說，「只有死在這裡了！」

九

緬軍的不斷衝鋒，雖然使大家恐怖，但精神上還承受得住，因為和共產黨作戰時，共軍便是如此凶殘，但緬軍的一〇五徑巨砲加入轟擊，我們便知道大勢已去。江口是一片平原，全靠工事抵抗，每一個據點，都毫無隱蔽的暴露在射程之內，我們倨坐在一個隨時都可能轟成粉碎的掩體裡，頭頂上的麻包不斷有塵土隨著砲聲落下來，鄒浩修營長忽然推一下身旁的他的副營長劉占。

「你到九號堡去，」他說，「克保兄到十六號堡，我們不要聚在一起，萬一一個砲彈下來，便沒有人指揮了。」

「我想帶敢死隊去奪那巨砲，」劉占副營長說，等到發現我們驚慌的反應，他解釋說，「我們可以夜戰，天黑後弟兄們報名，悄悄集中，拂曉攻擊。」

我們不得不點點頭。

「啊，」他說，聲調平淡得像他接受的任務只不過是去山麓那裡買一包紙煙，他把頭靠到牆上，閉著眼睛，「我如果戰死，死也瞑目了。」

他的話好像向大家永訣，我和鄒營長沉重的聽著，然後我和他匍匐著爬向交通壕，可是，劉占營長這一次沒有求仁得仁，在天黑之後，他正徵求弟兄們志願的時候，我們卻奉到急令撤退。原來緬軍採取了第二次世界大戰時美軍的跳蛙戰術，跳過江口，主力分兵兩路，在距江口南北各三十里左右的地方渡江，一路進攻猛撒，一路進攻猛布，他們已探知我們的後方空虛，決心一舉把孤軍殲滅，而事實上他們也有此雷霆萬鈞的力量。

這就是我們在拉牛山被困十天的原因，為了趕到緬軍迂迴部隊的前頭，我們再度用和跑一樣速度的強行軍，偷偷的渡過薩爾溫江向拉牛山急進，我們已經四天四夜沒有休息，弟兄們的眼睛佈滿了紅絲，一半以上的嘴唇都因缺乏水分和蔬菜而寸寸崩裂，有的雙腿已經浮腫，但大家仍拚命的狂奔。我不知道世界上有沒有比我們更悲壯的戰士，多少年來，我們所得到的，只有隨時都會臨到的死，和無盡無休的熬煎痛苦。在那江口到拉牛山四十華里，而我們在一小時內便狂奔到達的崎嶇山徑上，弟兄們多數都赤著腳，草鞋已斷，血從他們的腳趾上和腳趾裡流出來，我舉首祈禱，啊，祖國，看顧我們吧，我們過去的要求太奢侈了，我們不再要求醫藥、書報、子彈，只要能給我們每人一雙皮鞋或每人一雙膠鞋，我們便高興了，就是在陣亡的那一剎那，我們相信弟兄們看見自己腳下的皮鞋，也會在微笑中死去。

強行軍救了自己，也救了大局，我們剛進入山口，緬軍的迂迴部隊便接著抵達，我們倉皇應戰，緬軍國際兵團的印度人唯一的手段是虐待被俘的弟兄，那些幸而沒有在江口陣亡卻在向拉牛山撤退途中落伍下來疲憊不堪的和身負重傷的弟兄，被印度人用刺刀在後逼著，排成一排，在火把高照下，向山口逼進。

「你們開槍好了。」印度人喊。

「叫我們印度人和緬甸人看看你們中國人怎麼屠殺中國人。」

第一線守軍戰慄了，他們不能下手射擊自己弟兄。但不射擊卻又無法阻擋國際兵團的進攻，那些印度人卑鄙的把俘虜當作戰車使用，鄒浩修營長找到我，像中了風似的撕著衣服。

「快救我們，」他朝我喊：「告訴我怎麼辦，」沒有等我開口，他自言自語說，「不能殺自己的弟兄，我們如果被俘，他們也不會向我們下手的。」

他忽然又跳起來。

「你看，」他說，「我們孤軍就是靠著義氣千秋，我要打死他們，然後全體衝鋒，一齊戰死在山口。」

劉占副營長不主張開槍，他主張讓他們進來。

「只有肉搏才可以救我們弟兄！」他說。

和緬甸作戰以來第一次肉搏戰於十分鐘後展開，我們這些飢疲交集但卻充滿了憤怒的哀兵，在劉占副營長指揮下，裝上刺刀，挑開木柵，印度人以為我們屈服，他們卻再也料不到，在他們越過木柵之後，遇到埋伏。

「孤軍弟兄們爬下！」大家一齊狂喊。

然後，劉占副營長首先衝上去，黑夜，火把，山風，使整個薩爾溫江流域都聽到我們孤軍嘶啞慘烈的殺聲，在肉搏戰中，沒有思考，沒有猶豫，每一個人都像一頭被圍得無法逃生的野獸，這場大戰是勝了的，我們傷亡之重，曾使鄒浩修營長倒到地下放聲大哭，他下令把被俘的緬軍放回，把國際兵團的印人就地槍決，挖出心肝，祭奠陣亡弟兄。那時，我和劉占副營長都負傷躺到擔架上，他的高燒到第四天才退，用綳帶把左臂吊到脖子上，立即返防。

一〇

就在拉牛山，我們被重重包圍，肉搏後的殘軍只不過剩下四百餘人，一面趕做工事，一面還要派出輕便部隊封鎖各個凡是可以通往猛撒的隘道山徑，和每一條可能暗渡的深谷。弟兄飢疲交加，傷者躺在擔架上呻吟呼號，除了紅藥水外，沒有其他醫藥，我和劉占副營長都是左臂負傷，我的傷是太輕了，不過被刺刀削去一片約一個老盾大小的肌肉，兩天後便可運用自如，但我仍在那裡躺了很久，那是我唯一的休息機會；而劉占副營長的傷卻重得多，他的脊椎骨幾乎被緬軍打斷，但他比我起得早，他吊著那也被刺刀刺傷的左臂，從擔架上爬起來，到第一線去了。我在地上橫望著他那一擺一擺的脊背，心頭升起無限淒切的感想，啊，這一個面對著死亡還微笑的沙場英雄！他在不久後如願以償的果然奪得了敵人的那門一〇五巨砲和兩千多發砲彈，僅僅搬運砲身便需要一百多人，而且山行不便，使得杜顯信將軍不得不下令拆卸掩埋，然而，四國會議後，劉占副營長回到台灣，聽說他在中興新村當砍竹子的苦工，一天收入二三十元，艱苦的維持生活……啊，我不能有太多的回憶過去，不回憶他們，日久便都遺忘，我想，還是遺忘得好，回憶起來，便難以排遣我的傷感，任何時候，一談起薩爾溫江和拉牛山，我都想到那山岳震動的砲火，和劉占副營長那孤忠的和寂寞的背影。

緬軍的攻擊於第二天恢復，一〇五巨砲摧朽拉枯的在掃蕩山口，幸虧山口狹隘，它的威力不能完全施展，白天被摧毀的工事，弟兄們在夜間修復。第四天，情形開始危急，我那時仍躺在擔架上，劉占副營長已經返防，突然間，就在營地所在一排山洞後面的一排土人居住的草屋那裡，傳出劇烈爆炸，和立刻冒出沖天的煙硝。

「聽！」我說。

「敵機！」一個弟兄喊。

原來緬甸空軍也加入戰鬥，緬機同時還向猛撒、猛布、和拉牛山展開轟炸，而且低飛盤旋，使我們不得不抽調兩挺機槍架在山頭防衛。第五天夜間，緬軍開始使用探照燈，像太古巨獸的眼睛一樣，七八條直徑比屋子還大，強烈耀眼的燈光集中山口，使我們的工事無法復建。

鄒浩修營長不斷的向猛撒請援，他守在發報機旁邊，一面在電話上指揮各堡，一面苦苦的望著發報生的那被蚊子叮得滿是瘡疤的手指，「的答」「的答」，每一聲「的答」都使人心碎，援軍不來，彈藥還只能支持一天，蔬菜、飯糰，全靠弟兄們下到澗底撈的水草和小蝦，好像全邊區只剩下我們這一支殘軍，從昆明敗逃下的往事又歷歷呈現在眼前。當天晚上，從猛畔撤退那一天便陰沉的天氣，轉為晴朗，明月像一個發光的玉輪在群山上徘徊，探照著山口，我們弟兄在岩石的陰影下搶築工事，除了十字鍬和石頭撞擊時發出的叮叮聲外，群山如死，萬籟都寂，我、鄒浩修營長、劉占副營長，還有身負重傷的彭少安連長，傍著石壁坐著，劉占狠狠的吸著煙，在他發現我一直望著他的時候，他把殘餘的煙頭遞給我，我接過來吸著，吸了兩口，火便熄滅了，石洞裡又暗了下來，只有慘淡的月光籠罩著，就在十步以外，我看到躺在那裡甜睡的李南階，和一些不久便戰死在山下的弟兄，這是最淒涼的一夜！

二

我們在那荒涼險惡的拉牛山苦撐了十天，杜顯信將軍親率援軍抵達，十天的日子，歡樂的人只不過一瞬功夫，砲火下的戰士，卻是漫長如年。但援軍無法早來，當緬軍發動攻擊的時候，我們的兵力像天上疏星般分散在邊區那個比台灣大兩倍多的地域上面，等到猛畔告急，江口被圍，才飛調各路部隊集中，可是萬山重疊，往往直徑不過一天路程的，事實上卻需要跋涉三天四天，賴著雙腳行軍，於我們被圍的第十天夜間，杜顯信將軍親率著總部所能動員的保一師，和反共大學的學生，進入陣地。

「難為了你們！」杜將軍握著鄒營長的手，再逐一的向我、劉占副營長、彭少安連長們慰問，這一生中，我見過的慰問太多了。但在杜將軍眼睛中，我們看到了他的自咎和歉意。

援軍使我們興奮，但也使我們悲痛，甫景雲師長和他的保一師弟兄裝備還算整齊，可是，那些反共大學的學生們，他們幾乎全部來自緬甸、泰國、馬來亞的華僑子弟，年輕、英俊，精神旺盛的如同第一次在原野騁馳的小馬，他們放棄了椰子樹下品茗揮扇的優閒生活，不遠千里投奔到反共大學，為的是獻身反共大業，如今獻身的日子到了，在兵源竭絕的時候，李則芬將軍不得不忍痛的徵調他們。

當天晚上，杜顯信將軍在山頭碉堡裡召開軍事會議，告訴大家必須奪回江口，下令拂曉反攻。由反共大學機砲大隊長陳義率領反共大學學生擔任第一波攻擊，保一師第一大隊長高林率領保一師弟兄擔任第二波攻擊，警衛營長鄒浩修率領主力擔任第三波攻擊。

會議散後，各單位開始部署，趁著月黑風高，陳義命他的學生爬出碉堡，在叢草亂峰中匐匍前進，盡量接近敵人，其他兩波弟兄均在碉堡裡休息。

那一夜，我沒有睡好，憑著槍眼，俯眺萬山，清爽得和一幅中國山水古畫一樣，薩爾溫江閃爍一線的躺在四十里以外，緬軍陣地寂靜無聲。這是大戰爆發的前夕，我潛行到杜顯信將軍那裡，他正靠著土丘假寐，這位東北籍的砲兵老將，是這一場戰役的主宰，他親自為每一座砲測定目標，因為砲兵必須在第一次開始攻擊之前，用幾秒鐘的時間摧毀敵人第一線工事，他現在睡了。

第二天，那是民國四十二年三月二十一日，拂曉、大霧，薩爾溫江像一條渾身冒著熱氣的巨龍在遠處哮喘。我和杜顯信將軍並肩站在山頭，七點十二分——我記得是那麼清楚，一道強烈的陽光透過雲層，照著群峰，大霧突然消散。雙方陣地仍沒有動靜，杜將軍端詳了一會，向他身後的號兵揮手。

衝鋒號起，兩門無後座力砲直取山巔緬軍指揮部所在的碉堡——這兩門無後座力砲是緬軍的剋星，它是一種和步槍一樣可以直射的砲，在杜將軍的運用下，像兩條火龍一樣，短短幾秒鐘內燒毀了敵人的主要據點。

衝鋒號音和砲聲並發，第一波開始攻擊，反共大學學生們從掩體後面跳出，陳義大隊長領先，向緬軍第一線猛撲，緬軍用機關槍和步槍織成一片火海，學生們一批批戰死，啊，上蒼垂憐，他們有一半以上沒有武器，只有教練用的竹槍，和他們自己結的繩子——天真的企圖活捉緬軍，我緊握著望遠鏡，看見他們用他們血肉之軀，高聲喊殺，執著竹槍，踏著他們同學的屍體，瘋狂的撲向鐵絲網。

第二波於第一波攻入鐵絲網後開始，高林大隊長，這位原籍安徽壽縣的英雄，就在這一役陣亡。當他攻入緬軍第二線主陣地的時候，一個埋伏在山凹裡的緬軍碉堡阻撓攻勢，高林大隊長親自爬過去，把手榴彈塞進砲眼，可是，就在他舉手投擲的時候，一槍擊中他的心臟，倒了下來，他的屍首被運回猛撒時，甫景雲師長曾用兩塊老盾塞向他口中，他的牙關緊緊的閉著，但他的雙眼卻是開的，一直到安葬的那一天，都沒有瞑目。他那時已四十多歲，沒有結婚，但他的哥哥在台灣，我曾經託人找過他，久久沒有消息，或許已不在人世了。

一二

第三波攻擊於中午開始，由鄒浩修和劉占副營長率領，穿過第一波和第二波佔領的陣地，向緬軍第二線主陣地進攻，烈陽高照，山岳震動，巨砲喪失作用，三十分鐘後，緬軍向江口潰退，螞蟻般的爬上橡皮艇和木筏，丟下所有的輕重武器，像他們當初發動攻擊時那麼迅速的渡過薩爾溫江，向仰光逃去，就在江口，劉占副營長虜獲了那門一〇五巨砲，向潰退中的它過去的主人轟擊。

拉牛山戰役於下午一時許結束，然而，一個勝仗之後並不像傳奇小說上所寫的那樣，接著便是休息，或是英雄凱旋式的受到歡呼，一切都沒有。李國輝將軍的孤軍在猛布已被圍二十餘日，出發滇邊徵糧的陳昌盛參謀主任和陳傑營長，率部星夜趕回，可是緬軍的主力顯然旨在猛布而不在猛撒，攻佔猛撒是沒有意義的，我們可以再物色第二個猛撒，他們的目的是一舉消滅以李國輝將軍為主的我們的野戰軍主力。

就在拉牛山戰役結束的當天晚上，我們向猛布被圍的部隊增援，從拉牛山到猛布，平常是五天到六天的行程，但救兵如救火，我們拋下待清理的江口戰場，再度進入叢山，向猛布挺進。一路上古樹參天，窮山惡水，沒有遇到幾戶人家，餓了便啃飯糰，渴了便喝石縫裡的澗水，只有在午夜的時候獲得兩小時或三小時的休息，我們用了三天半的時間，走完五天到六天的行程，部隊留在深谷，我和鄒浩修營長從小徑進入猛布——我們永不知道是緬軍過於疏忽呢？還是冥冥中有不絕中華的天意，緬軍的每一次包圍都頂多圍上一半，這也可能和山勢有關，事實上無法像江口那樣合圍，反正是，我們從緬軍的空隙中穿過，在村莊附近一個防空壕裡，看到了疲憊不堪的李國輝將軍。

「我盼援軍眼都盼穿了。」他說。

「要我們部隊也進入陣地嗎？」

迴，抄老緬的後路。」

「不必，迎頭痛擊固然好，但我們的力量不夠，」他霍的站起來，「我領你們迂

李國輝將軍佈置完畢後，就率領我們向西北方面的莊金出發，那一帶的山勢更複雜更陡削，我們一直在山凹中戒備行軍，於午夜時分，繞到緬軍背後，我們伏在山巒上，眺望燈火輝煌的緬軍第一線兵站——緬軍作戰一直是帶著他們的眷屬的，女人、孩子、來來往往，好像是太平盛世。我們不了解緬軍是不是知道，軍中有婦女的話，士氣永不會旺盛，聖女貞德對法國的最偉大貢獻，不是她執干戈而衛社稷，在所有的戰役中，她從未挨過任何武器，但她卻肅清了法軍攜帶眷屬的惡習，才能轉敗為勝。

我們於拂曉攻擊，守軍亦同時反攻，緬軍在發現前後受敵時，一方面急急把婦女送到當地老百姓家裡躲避，一面困獸苦鬥。我們的死亡幾乎和拉牛山一役一樣的慘重，七〇九團第三營陳傑營長，剛由滇邊回來，便率軍衝鋒，被緬軍火箭砲擊中，渾身被燒得像一堆焦爛了的木頭，而頭部也平空削去。第七連皮文斌連長，下巴被刺刀劈掉，脊背和右臂全負重傷，他最後空運來台，死在台北榮總醫院。另外，他的排副王明俊，現在也在台灣，但他仍躺在床上，恐怕永不會痊癒了。

經過一個小時的肉搏血戰，緬軍終於不支，我們的衝鋒號音壓過他們的撤退號音，我們弟兄們在臨死時都要向敵人刺出最後一刀，啊，我們為的是什麼，自由。是的，自由，和中華民族一分人格。

為時一個月的薩爾溫江大戰就這樣的結束，我們以為我們至少可以再有一個時間的安定局面，可是，誰也料不到，緬甸向聯合國對我們的政府提出控訴，四國會議接著召開，我們的命運竟在會場上被注定向台灣撤退。

第六章

勝利帶給我們撤退

一

緬甸政府向聯合國控告我們政府，說孤軍是侵略者，國際法上怎麼判斷這件事，我們不知道，因為我們的防區恰在我們看來是雙方的邊界之上，共產黨可以用出賣土地的手段把我們立腳的地方劃給緬甸，以實緬甸攻擊我們「侵略」的藉口，但我們政府卻並沒有參與其事，和宋朝的人永遠不承認燕雲十六州割讓給契丹一樣，我們也永遠不承認把那一帶未定界的邊區，割讓給緬甸。緬甸當局對我們的態度隨著他們兵力的強弱而時好時壞，當孤軍最初退到邊區的時候，他們認為可以一舉把我們殲滅，他們不承認我們是侵略者，而且不屑和我們談判，甚至把我們談判的代表扣留，而稱我們是「殘餘」，我們永不了解我們這些殘餘怎能會成為含義較強的侵略者，我們只是求活，求生，求反攻而已。

在薩爾溫江大戰之前，我們和緬甸相處得非常之好，但那種和好只限於緬甸無利可圖時和兵力薄弱時，一旦等到情勢有變，這和好便不能保持了，薩爾溫江大戰導源於猛布張復生團的遭受攻擊，和一個排長一個排附的陣亡。

原來駐在猛布的孤軍和駐在猛研的緬軍相安無事，緬軍曾要求李國輝將軍撤出猛布，但受到拒絕。我們不能撤離猛布，因為猛布產米，撤離猛布等於自斷糧源，但我們卻接受了他們兩點要求：一點是，我軍赴猛研採買菜蔬和日用品時，改穿便衣；另一點是，我軍通過公路時，改為夜間。

通過公路，是當時駐防猛布部隊最大的任務之一，從滇邊緬北南下的部隊官員，和從猛撒北上的部隊官員，必須由猛布部隊護送，在那萬山叢裡，公路如線，山口錯綜，走錯一步，便迷入歧途，一個星期，甚至一個月都摸不出眉目，且除了約定的山口外，其他地區，均有緬軍崗哨。

最後一次偷渡公路是薩爾溫江大戰半年之前，總部的一位參議帶著五六匹騾子，馱著文件，向緬北出發。這四五個騾子使緬軍的眼睛都冒出火來，他們可能以為裡面全是美鈔和老盾，就在山口，他們埋伏下口袋陣地，我們的護送部隊便恰恰的進入陷阱，但所有的騾隊仍平安通過，只有一個排長和一個排附陣亡，這使張復生團長，那位重然諾的山東英雄，集合全體官兵，發誓為死者復仇。

從那個時候起，公路便被孤軍寸寸切斷，這是一個導火線，一直發展到最後緬軍的全面攻擊和全面潰敗。然而戰場上不斷勝利所得到的果實卻無法保持，四國會議在曼谷召開，叫我們撤退的消息開始傳到邊區，但沒有人注意，也沒有人相信。

我是猛布之戰結束後第三天返回猛撒的，我在醫院得到政芬的信，政芬的信上沒有說什麼，只是叫我快快回來。我回來了，回到猛撒，政芬隻身的迎接我，卻沒有帶著安國，我以為他貪玩去了，她卻躲開我的眼睛，我追問她，一個四十歲以上，千里歸來的中年人父親，是多麼希望自己的孩子能狂奔上來，摟著脖子，攀登在肩膀上，狂歡喊叫，然而，什麼人都沒有看見，卻看見無數眷屬們的奇怪眼光。

「安國呢？」我說。

啊，安國，孩子，政芬領我到他的墳前。緬軍日夜轟炸猛撒的時候，他正爬在椰子樹上盼望爸爸歸來，椰子樹被炸斷，他摔下來，腦漿崩裂……我撲到那黃土已乾的小小墳墓上，沒有哭，沒有淚，只抓住那黃土，抓到手裡，渾身顫抖。

二

關於四國會議的經過情形和討論內容，我想，不必再加敘述了，我因為連喪二子，臂傷未痊，請假在猛撒休養，對四國會議的進行，並不比別人知道的更多，而當時各國記者雲集曼谷，差不多每一個細小的節目，都有報導。我只能就我所親眼看到的告訴你，在我們面臨著非撤退不可的局面時，所有的眼睛都集中到李國輝將軍身上。猛布大捷後，因為存糧和民房全被緬軍燒毀，不能再住，乃撤到猛滿。四國會議期間，也就是「撤」和「不撤」瀕臨最後決定關頭的時候，孤軍已全部集中到猛撒。

那時候，李彌將軍在台灣，副總指揮李則芬將軍是我們的談判代表，另一位副總指揮柳安麟將軍代理總指揮。回到祖國，這正是我們多少年來的憧憬，在台灣，有我們的親友，我們可以安住下來，不再恐懼共軍的壓迫，也不再恐懼緬軍的攻擊，尤其是，大多數年輕伙伴，都願早一點回去，接受更高階段的軍事教育，所以撤退，是大家寤寐求之的，假如它發生在我們初到邊區之時，假如它發生在大其力之戰初結束之時，我們該是多麼興奮，而現在，當我們用血建立起一個局面的時候，卻要撤退了，弟兄們開始體驗到岳飛在朱仙鎮大捷後的心情，但我們沒有怨尤，只有一種像是徬徨無依的淒涼。

李彌將軍是不主張撤退的，丁作韶先生更是不主張撤退，而且態度尤其強烈，只有柳安麟將軍主張撤退，在這裡，我要強調說明的，李將軍和丁先生不主張撤退，並不是他們打算反抗命令，而是，他們認為，協議上只有規定撤退的人數，並沒有規定撤退的那些人是不是強壯，我們可以把老弱的弟兄送返台灣，而留下主幹——那就是說，留下李國輝將軍和我們全部孤軍。

因此，所有的眼睛都集中到李國輝將軍身上，他是邊區唯一的叱吒風雲人物，他如果表示不願撤退，便不會有一個孤軍走上飛機。李彌將軍一封信連一封信的向他解釋不可撤退的理由，丁作韶先生——這位孤軍上下一致愛戴的可敬老人，更向李國輝將軍反覆陳說不應撤退的道理，他並且不顧一切的向凡是他所見到的伙伴們，呼籲接受他的意見。這種幾近煽動叛變的行動，只有真正出於愛心和出於真知灼見的人才敢出此，才肯出此，事到今天，使我們永遠為他當時的寂寞落淚。他和他的夫人胡慶蓉女士，像孔子當年遊說列國一樣的，冒著烈陽毒蚊，和可能隨時被捕的危險，逐個營房痛下說詞，我記得就在事情發生的前兩天的晚上，我、政芬、毛有發副團長，還有幾位一時記不清名字的兄弟，坐在那淡黃色的月光下，毛有發是張復生將軍那一團的副團長，我應該補充一點的是，薩爾溫江戰役之後，李國輝將軍升任第三十二路軍司令，張復生將軍升任副師長。啊！這些用鮮血而不是用人事關係博得的官階，在他們回台灣之後不久，部隊被編散，便不太算數了，少將成了中校，中校成了少校上尉，而且有的壓麵條，有的為人當苦力磨豆腐，有的年老力衰，兒女成群，靠著哭泣度日。

我和毛有發並不太熟，他不是第八軍和二十六軍的老弟兄，這位河南籍、不認識幾個字的老大哥，他的年齡比我們大得多，他是對日抗戰時遠征軍九十三軍的幹部，抗戰勝利時，他沒有返國，就留在景棟，和一位比他年輕二十餘歲的白夷小姐結婚，就在那裡做起小本生意，因為經營得法，著實過了一段安適的日子。

可是，大其力戰前，緬軍大肆逮捕華僑，他看情形不對，便向孤軍投效，他一口流利的白夷話，和他作戰時那股瘋了似的勇猛，使弟兄們五體投地的對他敬愛。猛布戰役時，緬軍拂曉突襲，一下子便攻進師部，李國輝將軍翻窗逃出——這是以後他憤怒的親自率領鄒浩修營迂迴百里，冒熾烈砲火親自攻擊的原因。在那約十天的時間內，全賴毛有發副團長的不斷衝鋒才阻撓緬軍的攻勢。後來，李國輝將軍退到猛滿；率鄒浩修營迂迴時，命令毛有發副團長率敢死隊在山口策應，他那時候已經五十多歲了，頭髮蒼白，乾癟得像一塊豆腐乾，但他卻在半夜越過緬軍重重防線，一直摸到緬軍司令部，和美軍戰爭電影上所顯示的一樣驚心動魄，他報復了緬軍衝入我們師部的恥辱，用刺刀殲滅了緬軍司令部的官員，使緬軍群龍無首，全軍潰敗。

那一天晚上，我們面對面對著，政芬靠到我背上，自從安國死去，她很少說話，我更是沉默，只有毛有發在侃侃的談他的過去，和他的故鄉，而這時候，丁作韶先生來了。

三

記得是《聖經》上曾經說過，先知總是不受尊敬，和總是不幸的，他的眼光看得越深越遠，贊成他的人便越少，等到形勢有變，往者已不可追了。歷史上多少失敗的人物，都在這個時候對他過去嚴厲處分過的那些好說逆耳之言的人，流淚懷念：「我悔不聽他的話！」現在，大家正是如此，我知道弟兄們——包括我們最敬愛的各位將軍在內，都在追悔當初不聽李彌將軍的命令，和採納丁作韶先生的建議，然而，機會只叩門一次，上蒼賜給孤軍建立奇功的機會，而孤軍也已經用血築成不可破的堡壘，到了終結，卻像一個夢遊人一樣，輕鬆的，毫無吝惜的把它丟掉，啊！事到如今這步田地，還說什麼呢？

丁作韶先生找到了我們後，還沒有來得及坐下，便氣急敗壞的告訴我們情勢緊急。

「不要撤，兄弟，」他說，「我們要留在這裡，以我們的兵力，可以和當地要求獨立的土著結合，成立緬甸民國，取現政權而代之，然後進入聯合國，不但我們弟兄有出路，將來反攻的時候，我們至少可動員一百萬精兵，像蔡鍔將軍當年一樣，由雲南四川，一路打到北平。如果撤退，大家擠在一個小島上幹什麼？東南亞無限江山，等我們這匹強壯的馬去騁馳！眼光放大點，兄弟！兄弟！」

「事情恐怕不這麼簡單。」我疑懼的說。

「兄弟，」他說，「一件偉大的行動往往是簡單的，俗話說，光棍老了，膽也小了，才會覺得幹什麼都不簡單，要知道，世界上只有家務事最不簡單，我年紀雖比你們都大，但我雄心還在，你們不應該怕的。」

「這只有李國輝將軍可以決定。」

「他已決定撤了。」他絕望的說。

這是一個重大的消息，我和政芬的手緊握著，心緒澎湃，連丁先生接著又說了些什麼，我們都不知道，但是大局顯然的已經決定。於是，就在第三天，事情終於發生，柳安麟將軍集合全體官兵訓話，那真是一個充滿了殺機的場面，在執法隊閃耀的刺刀下，空氣沉重，柳將軍厲聲的宣佈，有一個人正在鼓動部隊叛變，那人必須即刻停止他那卑鄙的誤國行動，否則只有軍法從事。

訓話結束後，我陪著丁作韶先生去總部，剛踏上台階，柳將軍勃然變色的跳起來，指著丁先生的鼻子。

「你，丁作韶，你是參議、秘書長、顧問，但你卻反抗政府命令，鼓動叛變，擾亂軍心，阻擾撤退，打擊國家信譽，破壞四國協定，我問你，你知道不知道你犯的什麼罪？」

事後我才知道，就在同時，丁夫人胡慶蓉女士在軍部和李國輝將軍起了衝突，李將軍也勃然變色的跳起來，向她吼叫——

「妳膽敢如此沒有禮貌，我槍斃妳！」

當天夜間，我和政芬已經安寢，但不能入夢，窗紙上的月光和稻田的蛙聲使人心碎，丁先生悄悄的走了進來。

「能給我找兩匹馬嗎？」他說。

「我可以試一試。」

「我要走了，」他說，「他們會殺我的。」

「不會的，你們都是情同骨肉的老朋友了。」

「但現在已經翻臉無情了，兄弟，你會知道，我是不是煽動叛變？我只是想我們要為國家著想，假使我們有一天揮軍北上，收復北平，是不是我們的貢獻？我們退到台灣又如何？克保，我得走了，國輝使我失望，我做夢都想不到他非撤退不可，他對我說了很多理由，但我知道他卻隱藏著那真正的理由，既不能開誠佈公，我想我該走了。」

丁先生不安的在茅屋裡徘徊，我聽到他的嘆息，三個人都沒有說話，我幾乎要大聲喊，我知道李國輝將軍非撤退不可的真正理由——真正的理由往往是說不出來的，但我閉著嘴，我想我可能會說的太多了。

「丁先生，你們往那裡去？」政芬問。

「不知道，克保，能為我找兩匹馬嗎？」

這樣的，丁作韶夫婦走了，我和政芬送他們走了三里多路，握手告別。這位與孤軍同患難共生死，為孤軍坐了一年餘監獄，一直是孤軍精神導師的老人，在事情快要終結的時候，卻寂寞的走了，但是，不久之後，人們開始懷念他，懷念他說過的話，可是，任何力量都不能挽回當時的撤退，李彌將軍在台北越是不主張撤，李國輝將軍越是主張得徹底，連李彌將軍官邸的衛士都不允許留下一個。

這些都是往事了，我想還是不談它，馬蹄聲漸遠漸杳，山底的巒霧漸漸把丁先生夫婦吞沒，我和政芬並肩立著，有一種好像是被挖空了似的惆悵。

四

孤軍正式撤退的日期是民國四十二年十一月八日，距我們三十八年進入邊區，整整五年的歲月，在青天白日滿地紅國旗前導下，孤軍以整齊的行列，通過大其力，穿過國界河，到達夜柿。我和政芬是第三批撤退的，那已是民國四十三年三月了，在臨走的時候，我把茅屋重新整理了一下，用水把竹桌竹椅和竹床重新洗過，帶上我們所能夠帶的——在那荒煙野蔓的天地中，我們能有什麼？我指的只是一些孩子們過去的衣服和一些簡陋的玩具，政芬都捨不得丟下。那一天清早，我們天不亮便起床，先到安國墳前焚化紙帛，和他同時安葬的那塊山坡上，還有數不清的其他弟兄們的和眷屬們的墳墓，幾天來，或是伙伴，或是父母兄弟，在臨走之前，為他們的親人焚下最後一批紙帛，哭聲不斷，我把孩子的小小墳墓再用黃土加高，並在旁邊豎了一個牌子，上面用緬華兩種文字寫著——

「緬軍先生，誰無父母，誰無子女，墳中是一流浪異域的華人愛兒，求本佛心，不要毀壞，存歿均感，泣拜。」

到了夜柿，我們再去安岱墳上燒紙，坐在老屋前孩子的墳墓旁邊，我把頭埋到雙臂裡，政芬一面焚化，一面囁喃的訴說：

「岱兒啊，妳看見媽媽和爸爸了嗎？我們要到台灣去了，不知道何年何月才能回來，兒啊，妳要照顧自己，把錢揀起放著，等大了再儉省的用，爹娘恐怕不能再為妳燒什麼了，寬恕我們吧，孩子，寬恕我們的窮苦，使妳和哥哥都半途夭折，我已告訴妳的哥哥，叫他再長大一點，前來找妳，孩子，孩子，妳聽到媽媽的哭聲了嗎？」

政芬被兩個同伴扶著，向小小孤墳叮嚀了最後一句。回到市區，汽車已隆隆待發，在國界橋那裡，中美緬泰四國的國旗迎風飄揚，幾個我不知道姓名和國籍，但看起來一定是高級官員的人，在那裡有趣的注視著我們憔悴的行列，我想他們是高興的，而且也應該高興，他們已圓滿的達成了上級所交給他們的任務，用香鬢舞影解決了共軍和緬軍千萬人死亡都無法解決的問題。幾個月來，差不多天天都聽到「要顧全大局」，「你所看到的只不過一點，我們看到的是全部！」等等的話，我想，在這個大時代中，我們是太渺小了。

三小時後，車到米站飛機場。

我已記不得我們所乘的那架飛機是什麼公司和什麼號碼了，不過，那是容易查出的，因為在全數將近萬人的大規模空中撤退中，只有我們坐的那架飛機起飛後即行失事，我不知應該用什麼感想來看那架飛機，假如它不失事，我和政芬現在一定身在台灣，以我的這種非常不適合現社會的性格和毫無人事奧援，加上沒有積蓄，我可能和劉占副營長一樣，在豆漿店為人磨黃豆為生，也可能和張復生將軍一樣，為人壓麵條，生意蕭條，入不敷出。我或許可以教書，我和那被我誤盡了青春的政芬，都受過高等教育，但我們沒有證件，而證件卻是最重要的，不是嗎？不過飛機終於失事了，決定我留下來的命運，對一個軍人來講，戰死是正常的歸宿，啊，「別來世事一番新，只吾徒猶昨，話到英雄末路，忽涼風索索。」我不要再說這些了。

五

現在回想起來，事隔多年，已記不清飛機上有什麼人，和有多少人了，大概總在四十人和五十人左右，張復生將軍、政芬、我，我們並肩坐在右邊靠著機翼的那一排座位上。艙門緊閉，發動機像瘋狂了一樣的怒吼著，機身開始向前滑動，而且漸漸提高，有些弟兄隔著那小小的像囚窗一樣的窗子，向外眺望，外面可能還鳴著鞭砲，也可能有無數揮動著的熱情的手，但大多數弟兄都沉默不語，那些對我們有什麼意義呢？我願再重複一句，一切一切，如果發生在五年前該多好，那時弟兄們會抱著飛機感激落淚，現在，我們雖然終於實現了重返祖國的願望，但大家都已經過千難萬劫，嘗盡人間辛酸，心情已殭，思緒已呆，不知道應該想些什麼了。當飛機震盪著離開地面的時候，往事忽然如繪，我看了一下四周，那些生死與共的伙伴都合著嘴唇，我彷彿看到大家狼狽渡河，進入三島的那幅圖畫，而如今，這樣淡淡的走了，丟下了千百孤墳，和一場難以排遣的午夜夢迴。我和政芬緊倚著，她靠著我的肩膀，抱慣了孩子的雙臂無力的垂在胸前，我懷疑她怎麼還能活下去，從一個活潑美麗，充滿了嫁給王子幻想的少女，只不過短短十年，已變成了一個不堪憔悴的老太婆，是我害了她，我握住她的手，她沒有反應，無論內心或身子，都是一片冰冷。

飛機起飛後二十分鐘，忽然有一點異樣，誰也說不出到底怎麼異樣，只有張復生將軍發現右邊引擎已經停止，那三個箭頭的螺旋槳釘死在機翼上。他用手指給我，我剛看了一眼，機身便像掉下去似的陡的下降了二千公尺，之後重新被什麼東西托住，機艙裡立刻大亂，弟兄們跌撞成一團，政芬緊抓住我，我的頭重重的撞到艙蓋上，身上被摔得每一個細胞都發出刺骨的痛。

大家正驚駭的當兒，那位中國籍的副駕駛員出現了，他滿頭大汗，踉蹌的走到張復生將軍面前，要求緊急處置。

「將軍，」他喘息說，「飛機發生故障，萬分危險，請你命令弟兄們打開艙門，把凡是可以推下的東西統統都推下來，我們必須馬上減輕重量。」

大家所有的簡單行李，以及堆在艙尾的那些看起來像是救生圈的東西，全被拋出機艙。飛機沿著一條小河飛行，不斷的跌下，又不斷的掙扎上升，河壩上的鴨群被巨大的陰影驚散，我們可清楚的看到孩子們在追逐奔跑。引擎吼聲裡帶著嘶啞，似乎隨時都會著火爆炸，那巨大的機翼，似乎也隨時都會撞到兩岸的群峰上。我走到駕駛室，注視著那位正駕駛美國人和副駕駛中國人的後背，他們在忙碌的計算又計算，交談著，詢問著，我看不到他們的面孔，只看他們雙臂上汗珠密佈。

不知道經過多少時候——後來才曉得，只不過二十分鐘，我們在泰國的彭世洛堡新修的機場，不顧紅旗的阻撓而強迫降落。弟兄們從死神懷裡復甦，那些百戰英雄，一個個面如槁灰，有的甚至連站起來的力氣都沒有了，對著那前來歡迎的機場上的泰國官員，張將軍不得不宣佈他們都患有重病，非被人抬著，不能行動。

就在弟兄們下機，聞訊而至的大批華僑和泰國空軍負責官員還沒有到達，還沒有展開空前盛大的歡迎之前，我和那位副駕駛員在機旁有一段談話，他告訴我，這架飛機已不能再用，必須另派飛機來接，他已有十三年的飛行歷史，還是第一次遇到這種意外，而且，再多半秒鐘都不可能支持。

「駕駛員的技術不好嗎？」我說。

「不，恰恰相反，幸虧是他的技術好，要不然我們早已撞成粉碎。我們超載的太多，這架飛機規定只可乘二十人的，現在卻搭了五十人，而且還有行李，和把一頭象放到一匹馬身上一樣，一開始就承不住。」

「但我們得救了。」

「是的，不知道是誰的福，我們才平安著陸，真應該感謝天上的主。」

「可是，」我說，「假使真正非撞山不可的時候，你和駕駛員會不會先跳傘逃生？」

「不會的，」他說，「我們一定和自己的飛機共存亡，不能把乘客丟在機上，自己卻跳傘逃生，全世界的飛行員都是如此，不等到最後一個乘客跳出機艙，我們不能跳，這是我們的飛行道德。」

啊，我只知道這位副駕駛員是安徽人，卻記不起他的名字了，但那是可以在他服務的公司查出來的，我對他有無限的敬慕，他的話像劍一樣刺中我的心，我對我剛才悄悄跑到駕駛室，察看他倆會不會逃走的鬼祟動作，感到無比羞恥。我上前和他握手，當時我便決定，每一個行業都有他的道義，我一定要留下來，留下來重返邊區。

六

我們在彭世洛堡住了兩天，泰國空軍懇切的招待我們，就在機場撥出一棟房子，供大家休息，一個小時後，當地華僑協會聽說祖國的陸軍迫降，便向機場蜂擁而來，我記得那位泰國華僑協會林榮尊理事長，他的小汽車幾乎是到了要撞到泰國警衛的身上才停住，像見到闊別多年的兄弟，他握住張復生將軍的手，連連說著對不起，把我們中途迫降的歉意都攬在自己身上。我不知道世界上還有沒有比華僑更奇妙和更可愛的人，他們從不在政治上招僑居地人民的嫉妒，他們的制勝致富不靠祖國的強大，也不靠暴力和欺詐，而靠那種中華民族特有的吃苦耐勞的精神，而他們更熱愛自己的祖國和自己的同胞。在彭世洛堡，我們像是凱旋的王子，那位當年曾任過　國父孫中山先生衛士的張鑑初，彭世洛華芳影相樓老闆曾彥忠，林榮尊理事長的助手廣東豐順人張德光，和無數我一時記不起名字來的華僑，他們用卡車載來三個月也用不完的罐頭、香蕉、水果、和毛毯——毛毯是張復生將軍提出的，弟兄們的行李全部抛掉，便是當初敗退到邊區的時候，也從沒有這樣真正的赤條條來去無牽掛，彭世洛堡的氣候和大其力的氣候相差無幾，中午熱得能使人發昏，半夜卻會冷得使人發戰。

第二天晚上，我把我留下來的決定告訴張復生將軍，他困惑而不安的看著我，疑心我說的話不是我的真意，我知道他馬上就要說什麼了。

「復生兄，」我搶先說，「我知道你很為難，在你率領的隊伍中有一個人半途潛逃，無論如何，這是嚴重違紀，而且也為你惹來無謂的麻煩，但只有一點略微不同，我不是在開赴前線時潛逃，而是在撤回後方時潛逃。我忘不了兩個孩子的墳墓，和那荒野纍纍的弟兄們的墳墓，我一定要回去，希望將來有一天我們剩下的伙伴能長大成人，能像孤軍一樣的從覆滅的邊緣茁壯起來，成為一支勁旅，克復昆明，克復北平，迎接在台灣的同胞重返家園。如果不能這樣，也可能隨時戰死，不要為我難過，我不是不為自己打算，每一個人便是為自己打算得太多，才把國家弄到這個地步，我留下來不妨礙什麼人，你不會叫泰國警察逮捕我們夫婦吧。」

「你應該為政芬想想！克保兄。」

我驀的跳起來，我怕人提到政芬，他的話可能使我再改變主意，我愛我的祖國、愛我的妻、愛我的孩子，如今孩子已死，我怕提到政芬，她的每一滴眼淚都使我痛徹心腑。

「復生兄，」我說，「我永遠記得駕駛員的話，他在飛機最危險的時候還不肯拋棄那些和他漠不相干的乘客，我也不願拋棄那些始終仰仗我們、把我們看成救星的、不肯撤退的游擊伙伴，和視我們如保母的當地土著和華僑。一想到駕駛員的那句話，我便汗流浹背，復生兄，我會終生不安。」

七

第二天，另一架飛機在機場著陸，張復生將軍在歡送的呼聲中登機而去，在他前頭，緊靠著他上機的，是那位右眼全盲，兩腿又一瘸一瘸的李春放排長，他的右眼珠是被敵人的刺刀挑出來的，啊，我不知道我怎麼會仍記得他，去年我還得到他的消息，因為他也是山東人的關係，他到台灣後一直幫著張復生將軍壓麵條。他今年總該五十歲了，上帝，祝福一個沒沒無聞的，可憐的受苦英雄吧。

我和政芬眼睜睜的看著飛機起飛，當天下午，感謝林榮尊理事長，把我們用車子送到大其力，兩天後，我們繞道叭老，重回猛撒，而猛撒已被緬軍佔領，一向懸掛著青天白日國旗的竿頭，已升起緬甸國旗，只不過短短一周，景物依舊，而人事已非。我換上便衣，在土岡上遙望安國的墳墓，有兩個緬軍正坐在那裡吸煙，我只好懷著咽噎的嘆息，轉身離去，當天晚上，我找到石守敬，一位雲南籍，誓死也不肯離開邊區的游擊英雄，我在他的游擊基地景勒住下。不久之後，我再度看到丁作韶先生，這位被認為罪大惡極的老博士，不復當年高興勃勃了，但他卻把希望寄託在未撤退的伙伴們的身上，和他當初希望孤軍一樣，希望我們也早一天壯大，另外，在邦央，我看到了田興武，這位赤著雙足的岩帥王猛烈地搖著我的肩膀。

「你們為什麼撤退？」他哀號道，「丟下我們這些沒有娘的孤兒。」

「司令，」我說，「我們沒有撤退，我不是留下了嗎？」

我知道我不能安慰他，也不能安慰每一位伙伴，尤其是這不僅是安慰問題，這是一個求生存，爭自由，共患難的，把心都要為朋友扒出來的千秋道義，我感覺到我愧對蒼天。

我想，這篇報導可以停止了，四國會議後，邊區呈現著的是一個比孤軍當初抵達時還要淒涼，和還要紊亂的場面，我在景勒，幾乎可以聽見從仰光和從莫斯科，和從北平傳出來的狂笑，當地土著用一種輕蔑而不信任的眼光看著我們，他們只知是我們當初曾經答應過永不拋棄他們的要求。

自從我留下來，又是匆匆六年，六年中的遭遇，有比過去六年更多的血，和更多的淚。景勒於民國四十四年十二月被緬軍攻陷，我滿身鮮血的被政芬拖著，和全部弟兄退入叢林，從此我們只有用鳥聲來代替傳遞，我們這裡沒有傳奇，沒有美國西部武俠片上所演的羅曼蒂克的鏡頭，我們這裡只有痛苦，和永不消滅的戰志。加里波里將軍曾向願意加入他的軍隊而詢問待遇的人說過：「我們這裡的待遇是：挨餓、疾病、衣不蔽體、整天被敵人追逐逃生，受傷的得不到醫藥，會輾轉呻吟而死，被俘的會受到苦刑，被判叛國。但，我們卻是為了義大利的自由和獨立。」

我不知道加里波里將軍的話是不是也可以用到我們身上，我們的苦難連我們自己想起來都會戰慄，這是伙伴們都怕那月光之夜的理由，我們比孤軍當初更缺少醫藥，彈藥、和書報雜誌，啊，但我們沒有氣餒，「傷心極處且高歌，不灑男兒淚！」但我們是常哭的，因為眼淚可以洗癒我們的創傷。我們也常常高歌，為我們自己，為我們前途，也為廣大的苦難同胞，聲淚俱下。

現在，應該停止了，我必須馬上回去，你看，這世界多麼的亂，又是多麼的寂寞，叢林中弟兄們的聲音使我的血都沸騰起來，為我們祝福，至愛的弟兄，再見吧。

【附錄二】

鄧克保致編者函二

編輯先生：

謝謝您，寄來的剪報於前天收到，多少年來，我們很難看見一本新書，也難看見一本新雜誌，更別說報紙了，一本破爛不堪，最前幾頁和最後幾頁全部磨掉了的書刊，會被弟兄們珍寶般的傳來傳去，剛剛接到手裡的時候，便有人要你指天發誓看後一定借給他了，我不知道我們的祖國為什麼不能在這方面稍加供應。先生，把你們擲到字紙簍裡，當廢紙拋棄的書刊，撿起來，寄給我們吧。剪報被我們的弟兄們傳閱著，我對我拙劣的文筆深感遺憾，我已盡我的全力去寫，將近十八年輾轉沙場，提起筆有時候連字都想不起來，我想我如果是一個作家，有文學素養，該多麼好，我胸中積壅澎湃著無限的痛苦、憤怒、和憂傷，都無法寫出，寫出的只不過我所想要寫的萬分之一。

轉來的讀者來信也收到，謝謝他們的關心，在這廣漠的世界上，仍存在著人生的溫暖，但不要為我悲，也不要為我惋惜，可悲的是那些已經埋身黃土的弟兄，可惋惜的是那些已經撤退的弟兄，我還報國有日，還可以隨時為我那可懷念的祖國戰死，而他們不能了，他們或骨骸已腐，或投閒置散，困於生活，漸衰漸老。

有很多封信是老朋友寫的，凡書有地址，我都一一直接函覆，他們指出的若干錯誤部分，像時間，像地點，像人名事蹟等等，我想請貴報就近訪問一下，加以改正，往事如煙，雖是己耳親歷，有些地方也都記不太清楚了。在這些信中，我最感動的是牛壽益同學的信，請轉告他：我永遠記得他的鼓勵。還有張雪茵女士的信，我把她的信在我的孩子墳前焚化。另顧紀卿先生願告訴簡治瘧疾螞蝗的單方，弟兄們為這件事歡呼，我的通訊地址一時不能確定——您會知道的，我們又要撤退了，盼望顧先生能把藥方在貴報或《中央日報》上發表，即令我看不到，也總有弟兄們看到，會帶回邊區來應用，請轉顧先生，我們感激他，千萬個帶病作戰的弟兄等待他的援手，告訴他，只要病不折磨我們，我們是堅強的。

全文最後關於曼谷的那幾段，務請刪去（編者謹致歉意，全文已刊完畢，來不及刪矣）。那是當時太多憂憤使我說出來我的傷感，《聖經》上，基督重臨人間的時候，他是悄悄而來的，而且輕輕敲著人們的大門，接待他的人便隨他升天，貪睡的人便永遠喪失這種機會了。是的，機會只叩門一次，李國輝將軍當時的撤退使我們每一回憶起來都流下熱淚，我們不但沒有理會敲門的基督，而且硬生生的趕走了。我想的很多，而且很紊亂。彷彿是在歷史上讀過，祖逖擊楫渡江，把黃河以南全部光復，可是，在結局的時候，卻派了戴淵為大都督，祖逖便只好憂鬱而死，他的偉業成功一半，從此南北朝成為定局。啊，我說得太遠了，請您原諒，事情已經過去，而且前邊已為你們惹了不少麻煩，我知道你們的處境，願接受任何刪改，因為我即令有什麼感想，我和我的伙伴們對李彌將軍，對李國輝將軍，一直都有崇高的敬意，李彌將軍的高瞻遠矚是難得的，當初如果不是他教李國輝將軍退出大其力和公路線，孤軍一天平均有三個傷亡計算，我們早全部喪生了。李國輝將軍作戰的勇猛和忠心耿耿，也非其他將領所及，邊區的江山是他打下的，事實上只有李國輝部隊。每個人都有他的缺點，我們不應要求完人，那是不可能的，是嗎？

現在，我們又要面臨第二次撤退，聽說賴名湯將軍已抵達曼谷，再也沒有這個消息使弟兄們驚愕了，除了極少數，像我們這樣留下來的弟兄外，其他大多數游擊隊員都是平民，孤軍雖撤，來自各地的華僑和從雲南逃出的青年，是取之不盡、堵塞不住的兵源，那是撤不盡的，但卻給我們以最大的損傷。祖國，啊，在我們生死呻吟的時候，你在那裡？在我們稍微能夠站起來走路的時候，你出面再把我們擊昏。「種瓜黃台下，瓜熟子離離，一摘使瓜少，再摘使瓜稀，三摘猶自可，四摘抱蒂歸。」一摘已枯，現在我們面臨的是無法抗拒的再摘。

先生，我永不會回去，這不是我違抗命令，是我捨不得我內心的痛苦和擔當，我和政芬已過慣這裡蠻荒窮困的生活，可能不會適應台北那種文明社會。政芬已懷了八個月的身孕，我已把她送到曼谷，生女叫安明，生男叫安華。我將留在這裡，即令沒有一個伙伴，我也要在這裡等待那些冒險來歸的青年，即令沒有一個冒險來歸的青年，我也要把青天白日旗插在山頭，無論是共軍和緬軍，在打死我之前，都不能宣傳他們把游擊隊消滅。

來信說要出版單行本，這使我惶悚，如果出版，盼能寄給政芬十冊八冊，我會看到的，如果我戰死，我的兒女長大成人之後，也會在書中認識他的父親。一燈如豆，舉頭遙望，月光皎潔，先生，啊，再見。

鄧克保百拜

鄧克保《異域》重印校稿後記

《異域》是民國五十年在台北《自立晚報》連載的，隨即由平原出版社印成單行本，在連載期間的原名是〈血戰異域十一年〉，平原出版社把它改名為《異域》，我想原因有兩個，一是原書名太像一個電影院所演出的片名，一是事實上全書只寫了前六年，後五年還沒有提及，與書名並不相符。也可能還有其他原因，但不管是什麼原因，我卻是喜歡《異域》這兩個字。戰爭、奮鬥、掙扎，和流不盡的眼淚，都在非自己的鄉土上。

今年四月，我回到台北的第二天晚上，就聽到這本書的消息，《異域》已銷售了六十萬冊。在接著而來的幾個月中，朋友陸續告訴我，並陸續送給我七種與《異域》同內容的書籍，有香港出版的，也有台北出版的。有的把我仍當著主角，有的則刊出我和李彌將軍合照的照片，而那照片上的鄧克保卻並不是我。至於書名，《異域烽火》已經很接近了。而《異域下集》，就分明的是合而為一。在美國的徐放博士，曾在紐約《星島日報》上作了一篇考據文章，肯定《異域下集》是我寫的，肯定《異域下集》作者馬克騰先生是我的筆名。這使我驚愕和慚愧。驚愕的是，世界上竟有這麼多故意混淆，難以分辨的事。慚愧的是，我實在只寫了一本《異域》，既沒有上集，更沒有下集。我覺得下集寫得很好，但我不敢掠美。

今年全國大專院校聯合招生，有一個題目是「一本書的啟示」，當報紙報導《異域》竟名列前茅時，我的驚愕和慚愧更為加重。《異域》自出版到今天，整整十六年，朋友告訴我，一直是在默默的發行，從沒有一位作家寫過評介，也從沒有在報上刊登過廣告，而完全依靠讀者先生的口碑。我感受的是無比的溫暖，和無比的榮耀，對讀者的愛護充滿了感謝之情。

現在，平原出版社已煙消雲散，星光出版社願重新排印，作為新書發行。我請求准許我自己先行看一遍。當我展開原稿的時候，我一面校對，一面熱淚盈眶。人生幾何，我已垂垂而老。

往事如一縷炊煙，由濃而淡，由淡而逐漸消失在渺渺的太空，無影無蹤，不能捕捉。但每一回憶，卻都觸到好容易結痂的傷疤，鮮血點點滴下。幾個月來，我有時靜坐在寂寞的斗室中，有時靠在馬路旁的長椅上，有時在小溪畔呆立良久，看到牆角蜘蛛的結網，街頭人潮的洶湧，以及不知道流到何處的像生命一樣的溪水，我想到遙遠的叢林，在那叢林中，有我的愛妻愛子，和生死與共的伙伴們的墳墓，荒煙野蔓，狐兔躚鼬。我耳邊似乎也一直響著「殺敵！殺敵」的吶喊。五月間，我曾向一位問及《異域》的海外朋友寫了一首詩寄去，其中有一句：「戰馬仍嘶人未老」，人是老了，但為國家一片丹心，永遠不老。我不知道我還有沒有機會，再效命疆場。

校對過後，百感交集，我曾誓言我永不離開邊區，但我不得不離開。「老兵不死」，可是多麼的孤獨，不僅是孑然一身的孤獨，也是心靈的孤獨。每當我笑的時候，我都感到一陣一陣的蒼涼。朋友們勸我把《異域》的後五年寫出來，作為真正的「下集」。香港《新聞天地》特地報導出來，我感謝他們給我的鼓勵。

我可能再寫，但最快也在兩三個月之後。假使我能寫，我將請求一家報紙賜給我連載，因為我可以邊寫邊想。我沒有一氣呵成寫一本書的能力。假使我不能寫，那麼，《異域》就只前六年為止，後五年的往事，讓他去吧。像任何一個英雄垂暮時的往事一樣，讓他去吧。

容我再向讀者先生致我的感謝。

——原載一九七七年十一月三日台北《中國時報》

推薦者簡介

李瑞騰

中國文化大學中文研究所碩士、博士。曾任淡江大學中文系副教授、中央大學中文系文學院院長、台灣文學館任館長；著有文學論著《台灣文學風貌》、《相思千里——中國古典情詩》、《文學關懷》。

陳義芝

就讀台中師專及台灣師大，後獲香港新亞研究所文學碩士，高雄師範大學國文研究所博士。曾參與創辦《後浪詩刊》、《詩人季刊》，擔任《聯合報》副刊主任（一九九七～二〇〇七）。出版詩集、散文集十餘冊，有英、日、韓譯本。

國家圖書館出版品預行編目資料

異域／柏楊 著 . -- 二版. -- 臺北市 : 遠流出版事業股份有限公司,
2023.02
256 面 ; 14.8×210 公分
ISBN 978-957-32-9960-8（平裝）
863.57 112000057

異域 紀念版

作者／柏楊
總編輯／林馨琴
責任編輯／游奇惠、傅郁萍
封面設計／陳文德
校對／金文蕙
內頁排版／新鑫電腦排版工作室

發行人／王榮文
出版發行／遠流出版事業股份有限公司
地址：臺北市中山北路一段 11 號 13 樓
電話：（02）2571-0297
傳真：（02）2571-0197
郵撥：0189456-1

著作權顧問／蕭雄淋律師
2000 年 12 月 1 日　初版一刷
2017 年 11 月 1 日　初版十五刷
2023 年 2 月 1 日　二版一刷

新台幣 定價 360 元（如有缺頁或破損，請寄回更換）

ISBN 978-957-32-9960-8（平裝）

YLib 遠流博識網
http://www.ylib.com
E-mail: ylib@ylib.com